T0157252

La Dialectica del Garrulo Loco Cuerdo y lo que se Esconde

Orlando N. Gomez

AuthorHouse™
1663 Liberty Drive
Bloomington, IN 47403
www.authorhouse.com
Phone: 1-800-839-8640

Primera edición en español publicada por Auhorhouse 07/01/2011

ISBN: 978-1-4634-2035-2 (sc)
ISBN: 978-1-4634-2034-5 (hc)
ISBN: 978-14634-2033-8 (e)

Numero de la Libreria del Congreso: 2011909584

Impreso en los Estados Unidos

Impreso en papel libre de ácido.

LA DIALECTICA DEL GARRULO LOCO/CUERDO

"Caramba no se que voy a hacer. Esta situación económica es desesperante. No quiero seguir los mismos pasos que han seguido mis padres dándole aflecho a los puercos y echándole agua en el espinazo para que se refresquen. Tengo que buscar nuevos horizontes. Aquí no hay progreso. Aquí no hay vida. Aquí lo único que hay es mucha pobreza." dice Pucha en uno de esos refunfuños que ella suele hacer a sola al tiempo que le da de comer a los cerdos usados por sus padres para el sostenimiento de la familia. Pero en el mismo momento que Pucha Refunfuña, llega su hermana gemela Laura la cual con su presencia, de repente interrumpe el refunfuño de Pucha. Estas dos jóvenes viven en un campito perteneciente a la provincia Valverde Mao; un pueblo localizado en la parte central de la Republica Dominicana. Pucha y Laura son unas hermosas jovencitas de 15 años quienes viven con sus padres en un lugar repleto de pobreza. ¿"Que te pasa Pucha? Veo que estas preocupada y refunfuñando en voz alta. ¿Cuál es la queja hermanita?" pregunta Laura. "Aquí hermanita echándole el agua en los espinazos de los puercos al tiempo que pienso en esta situación" responde Pucha. "Yo estoy un poco preocupada con eso que te preocupas hermana. Yo entiendo que nuestras vidas no deberían de detenerse aquí; sino que debería de seguir su curso normal para el bien nuestro. Pero también creo que sin abortar el curso que lleva nuestras vidas, uno tiene que esperar que se le presente su oportunidad a su debido tiempo. Lo malo de esto es que algunas de nosotras, muchas veces tratamos de adelantarnos a los acontecimientos y querer hoy mismo lo que nos ha de poder pertenecer mañana. Fíjate hermanita durante esta actual época de los sesentas y el final de la pasada época de los cincuentas, las mujeres jóvenes como nosotras nos hemos convertido en presas de los traficantes de mujeres para prostituirlas. Pero lo que mas me preocupa es que las mujeres que se convierten en las presas más fáciles, son aquellas que quieren obtener hoy mismo lo que le pudiera pertenecer mañana. Pero lo más interesante de esto, es que los traficantes de mujeres se aprovechan de tal desacierto, conquistándonos con promesas falsas haciéndonos creer que a través de dichas promesas nosotras resolveríamos todas nuestras necesidades perentorias. Lo que mas adelante le permite a esos bandidos a vendernos como piezas mecánicas a los dueños de prostíbulos cuando estos necesitan nuevas mercarías sexuales para sus negocios. Pero lo mas doloroso de todo esto es que al final de todo, ellos solo nos convierten en vulgares prostitutas." Dice Laura. "Bueno, en realidad estas personas pueden hacer esto porque los prostíbulos son legales, como de igual manera lo es la prostitucion en este país. Ahora bien hermanita, yo pienso que si algo es legal como los son los prostíbulos, entonces no debería ser malo o ilegal practicar la prostitucion. De lo que si yo estoy clara es en el hecho de que aunque a la mayoría de las gentes no les gusten lo que estos dueños de prostíbulos hacen, esto no quiere decir que ellos estén violando la ley" responde Pucha. ¿"Pero hermanita a que tu te refieres cuando tú hablas de ilegalidad? ¿Tú te refieres a los prostíbulos o a la casería de mujeres? Los prostíbulos con prostitutas no debería ser asunto de ley. Eso es un asunto de dignidad de mujer; de principio y respeto a asimismo" dice Laura. "Bueno hermana como tu sabes una cosa no puede ser sin la otra. Las mujeres que se van con estas gentes quizás lo haces porque ellas quieren hacerlos y si esto es cierto entonces yo no veo nada malo o ilegal en esto" responde Pucha. "Bueno quizás tu tengas razón hermana. Lo que si te diré es que yo prefiero quedarme aquí en mi campito con mi pobreza y no irme con esas gentes a vender mi dignidad de mujer. Yo tendría que estar loca para yo hacer algo así" dice Laura.

El siguiente mes Pucha se encuentra en la casa de un hombre al que las gentes les viven cambiando el nombre por ser diferente a los demás por este tenerle un amor mayor al que las personas normales pudieran tenerle a la comida. El nombre de este hombre es Pancho Soñé el "comelón". Pancho es el padrino de Laura y en este momento le esta celebrando el bautizo de su hijo primogénito llamado Carmelo Soné conocido por todos en el barrio por ser este el niño que mas rápido aprendió a hablar. Todos los presentes en dicho bautizo están consumiendo bebidas alcohólicas. En la comarca se produce un licor domestico elaborado con guarapo o jugo de caña con un sabor similar al sabor del ron que se vende en los bares y restaurantes del país. De repente una de las mujeres que allí se encuentran se acerca a Pancho y dice ¿"Oye Pancho y esa joven con esas tetas y esas nalgas tan bien formadas quien es?" "Esa es la hija del compadre" dice Pancho. "Fíjate en la capital hay mucho trabajo para jovencitas como ella. Yo tengo un amigo que le puede conseguir un buen trabajo inmediatamente. ¿Y tu compadre en que trabaja?" pregunta la mujer "El compadre vive de lo mismo que yo vivo; de la agricultura y crianza de puerco" dice Pancho. "Pancho te voy a dar 20 pesos para que le pregunte a la joven si a ella le gustaría trabajar como ayudante de oficina" dice la mujer. "Si como no" dice Pancho el inmediatamente se dirige hasta donde se encuentra Pucha, y al tiempo que mastica un trozo de plátano le dice "Pucha que dichosa eres. Mira esa mujer tiene muchas conexiones en la capital. Ella me preguntó si a ti te gustaría trabajar como ayudante de oficina en una oficina localizada en la capital" le pregunta Pancho a Pucha. "Yo no se si a mis padres le gustarían la idea; a mí si." Responde Pucha. Pancho se dirige a la mujer y dice "Bueno ella dijo que ella no esta segura si a los compadres le gustara la idea, pero que a ella si le gusta". "Entiendo, entiendo" dice la mujer.

La fiesta continúa hasta que de repente la mujer se encuentra cara a cara con Pucha. La jovencita ya tiene una inquietud en la mente por lo que Pancho le havia comunicado. Pucha estaba ansiosa por este encuentro. "Hola chica hermosa, mi nombre es Melinda ¿y tu como te llamas?" dice Melinda "Mi nombre es Pamela Cabral pero me dicen Pucha. ¿Usted es la que esta buscando una ayudante de oficina?" responde y luego pregunta Pucha. "OH si, si; yo tengo un amigo que necesita muchachas bonitas como tu para trabajar en sus oficinas de sus agencias de publicidad. ¿Te gustaría trabajar con el?" Pregunta Melinda. "si pero yo no se si a mi padre le gustara la idea. Mi papa es muy recto" dice Pucha. "Bueno; ¿cuantos años tu tienes?" Pregunta Melinda. "yo tengo 15 años el mes que viene cumplo 16 años." Dice Pucha. "bueno ya tu tienes suficiente edad para tomar tus decisiones. Los padres de uno nunca están seguros de lo que ellos quieren para uno. Si tu quieres el trabajo y quiere salir de este lugar tan pobre déjame saber antes del amanecer porque yo me voy mañana por la mañana." Responde Melinda. ¿"Okay si yo le digo que si ahora como lo haremos? Yo no quiero que mi papa lo sepa. Si yo acepto este trabajo yo no quiero que ellos los sepan. Yo me comunicaré con ellos después que yo comience a trabajar y le pueda mostrar que yo podré juntar un poco de dinero y al mismo tiempo seguir estudiando y ayudarlos a ellos." Dice Pucha. "Tu ere muy inteligente porque eso era lo mismo que yo te quería decir. Tú puede trabajar, juntar dinero y al mismo tiempo ayudar a tus padres y estudiar también. Esa es la ventaja de esto chica; cree me que eso fue lo mismo que yo hice y mira como yo visto y las joyas que uso." Dice Melinda. "Entonces lo que haré es que me iré a arreglar mi maleta para poder estar lista para cuando usted se valla. ¿En que nos vamos en guagua o en carro?" pregunta Pucha. No niña una mujer como yo no viajas en guagua. A mi me viene a buscar mi chofer. Tu tienes que estar preparada para las seis de la mañana." Dice Melinda. "esta bien, pero yo la esperaré frente a la farmacia que está en la salida del pueblo. Yo no quiero que mi hermana ni mis padres se den cuenta de esto" dice Pucha. "Trato hecho, niña, trato hecho" dice Melinda.

Después que Melinda termina de hablar con Pucha ella se dirige hacia donde se encuentra Pancho dándole una papeleta de veinte pesos los que les servirían a Pancho para poder comprar comida para un mes. . Melinda sabes que Pancho es uno de esos personajes que presenta un gran apetito por los comestibles. Pancho se acuesta a dormir con un pedazo de salami con pan alado de la cama para cada ves que el despierte por las noches poder comer algo. Por esa razón ella dice "Toma Pancho toma esto por hacer nada. Si tu quiere que en un futuro tu puedas contar conmigo tienes que mantener la boca serrada no importa lo que tu oigas." "Tú sabes que nosotros nos conocemos ya por mucho tiempo. Tú no tienes que decirme esto mujer. Yo lo se." Dice Pancho.

El día siguiente a las mismas seis de la mañana Pucha aborda el carro donde se encuentra Melinda y se marcha de Mao asía Santo Domingo. Luego de transcurrir el día y llegar la noche, los familiares de Pucha notan que Pucha no llega a la casa lo que hace que ellos corran la voz en el pueblo acerca de la desaparición de su hija Pucha. Nadie la vio irse. Nadie sabes para donde ella se fue; pero mucho menos con quien se abría ido. Pucha se marcho de la casa sin dejar huellas de su partida; sin siquiera dejar una nota explicando la razón de su partida. El padre y la madre de Pucha quedaron devastados. Laura quedo con un sentimiento muy profundo por ser Pucha su hermana gemela. Laura tiene el presentimiento de que Pucha pudo haberse marchado del lugar por motivos puramente económicos; porque aunque sus padres les han brindado mucho amor, ellos son muy pobres. Laura también tienes el presentimiento de que si Pucha se marchó de la casa, eso no quiere decir que ella no quiere a su familia, sino más bien que esa ha sido la forma de ella poder enfrentar la situación económica actual. Laura no esta de acuerdo con esto. Pero ella entiende que en realita esto fue lo que pudo haber pasado con su hermana gemela.

El primer día que Pucha llega al negocio de Melinda ella ignora la verdadera naturaleza del trabajo que ella tiene por delante. Pucha como la mayoría de las muchachas que viven en su campito es virgen. Pucha nunca ha tenido sexo. Por esa razón dos días después de ella llegar a este nuevo lugar, Melinda la llama y le pregunta ¡"Oye chica pero que culo tú tienes!. Con ese culo que tu tienes tu puede ser la reina de este lugar. ¿Pero dime algo? ¿Tu nunca te ha acostado con un hombre? ¿Tu nunca le a dado ese culo a ningún hombre?" "No señora nunca. ¿Porque usted me habla de esa manera y me pregunta eso?" pregunta Pucha. "No te haga la pendeja muchacha. Tu bien sabes porque yo te digo eso. En este lugar las mujeres con el culo que tú tienes y que no le saque provecho a ese culo se la lleva el mismo diablo. Lo único que te digo es que si tu quiere triunfar en este lugar, tu tiene que poner ese culazo que tu tiene a trabajar ¡ya mismito; ya mismito! De esa manera fue que yo comencé y mira todo lo que yo tengo. Mira esta noche vienen unos amigos míos. Yo quiero que tu los atienda. Quiero que tu le brindes todo lo que ellos te pidan incluyendo ese culo que tu tiene. Esa es la condición que yo te pongo ahora para yo poder darte todo lo que tu necesites. Recuerda que tu estas aquí para hacer dinero niña. Olvida eso de trabajar como ayudante de oficina que ahí no hay cuarto. Los cuartos están aquí. Otra cosa a mis amigos les gustan las vírgenes. Tú tienes el privilegio de ser la única virgen en este lugar. Por esa razón yo quiero que tú los atiendas bien. Tu será la reina de la noche. De esa manera tu conseguirás mucho mas dinero." Cuando Melinda le dice esas cosas a Pucha, ella no sabe que decir y por esa razón no responde. Sino más bien nerviosa y con mucho miedo acepta lo dicho por Melinda. Luego Pucha se marcha hacia su habitación donde comienza a prepararse para su primer encuentro carnal. En este momento, Pucha siente mucha pena y remordimiento por todo lo que esta pasando con ella. Pucha comienza a sentirse un poco sucia moralmente. Pero de repente Pucha decide retornar al estado de nacionalización que ella le presento a su hermana gemela y por ende entras en un nuevo estado de negación donde lo menos importante en ese momento, es su dignidad de mujer. Por esa razón Pucha decide dejar la vergüenza a un lado y comienza a vestirse y ponerse sexualmente deseada. A la siete de la noche llega uno de los amigos de Melinda. Este amigo tiene la reputación de tener uno de los miembros más grande que pueda existir en toda la ciudad de Santo Domingo. Tan pronto el hombre entra al prostíbulo, la primera en hacerle seña a Pucha es Melinda. Pucha sigue la seña y se acerca al hombre. Luego Melinda es quien introduce a Pucha como la virgen del lugar...El hombre muy complacido le toma la mano derecha a Pucha dándole un beso en la mejilla como si el conociera a la jovencita. Luego le ordena al mozo que le traiga dos tragos a la mesa que le fue reservada. Pucha y el hombre comienzan a hablar al tiempo que el hombre comienza a manosear el cuerpo de la joven de forma muy explicita y provocativa. El vulgar manoseo continúo por un largo rato, hasta que de repente el hombre agarra de manos a la joven y salen del salón rumbo al cuarto que Melinda le asignó a Pucha. En la trayectoria, el hombre le agarra las masas de nalgas a la joven de forma vulgar, brusca y muy fogosa. Pucha entra a su cuarto. Pero al mismo tiempo que ella trata de serrar la puerta, el hombre la toma por la cintura arrojándola sobre la cama de una manera muy fogosa. El hombre comienza a besar el cuello de Pucha como si le quisiera chupar toda la sangre que esta joven pudiera tener en su cuerpo. Los chupones son tan fuertes que en ese momento la joven no esta segura si ella quiere continuar con tal actividad. Pero el hecho de que todo ha sido una orden de Melinda, Pucha se decide a continuar con el forastero aun sintiendo dichas incomodidades para así no enfadar a Melinda y luego perder la oportunidad de conseguir el dinero. Por esa razón Pucha sierra los ojos permitiéndole a este hombre que haga con ella todo lo que el quiera. Luego el hombre comienza a besar a Pucha en la boca. Luego baja hasta el ombligo; desde donde el comienza a utilizar todas sus artimañas sexuales. En ese momento Pucha comienza a sentir un poco de placer sexual. Pero por ser esta la primera vez que ella se acuesta con un hombre para tener relacione sexuales, ella no tiene la habilidad plena de interpretar sexualmente lo que esta pasando. Hasta ese momento ella entiende que todo esta bajo control. Luego el hombre le separa las dos piernas a Pucha; obligando a la joven mujer a dejar al descubierto su órgano sexual virgen. De esa manera el hombre acerca su boca hasta la vagina de Pucha y luego introduce su lengua poniendo a la joven en un estado de excitación eufórica muy incontrolable... Pero de repente, el hombre alza su cabeza al tiempo que saca su gigantesco miembro sin Pucha darse cuenta por esta tener los ojos serrados y sus dos piernas totalmente abierta dejando al descubierto toda sus partes privadas. El hombre le introduce una pequeña parte del gigantesco miembro. Cuando Pucha se siente penetrada, un vacío profundo en el alma de la joven mujer, la compromete sentir remordimiento y por ende sentirse sucia; lo que compromete a la joven mujer a querer rechazar al forastero y el acto sexual en si. Pero ya es muy tarde. Pero más que ser tarde; la forma suave y delicada que el hombre comienza a penetrar a Pucha la obliga a sentir un poco de placer por el momento. Pero de repente el hombre introduce todo su miembro bruscamente en la vagina de Pucha provocándole un sangrado. Luego de provocarle dicho sangrado al atrofiarle parte de la vagina de la joven por el gran tamaño del miembro de este forastero, Pucha comienza a llorar por el dolor que comienza a sentir... El hombre sigue penetrando la vagina de Pucha como un toro; con mucha fuerza haciendo que aumente la cantidad de sangre que sale de la vagina de Pucha. El hombre sigue penetrando a Pucha de tal forma, que pone a la joven en un estado de desesperación por el dolor causado por el miembro tan grande de este hombre. Es como si la biología del fondo y ancho de la vagina de esta joven no estuviera capacitada para soportar el tamaño del miembro del forastero. En ese momento Pucha comienza a sentir un profundo dolor. Pero no obstante a eso el hombre sigue penetrando bruscamente a Pucha hasta que introduce el miembro completo en la vagina de la joven mujer. Esto provoca que Pucha lance unos gritos que podían oírse fuera del prostíbulo. El hombre comienza a actual irracionalmente. El hombre penetra a Pucha como si ella no fuese un ser humano. Este hombre penetra bruscamente una y otra vez a la jovencita hasta que el eyacula de la misma forma que eyaculan los toros o los caballos al tiempo de penetrar una vacas o una yeguas en cualquier establo. La sabana blanca que cubre la cama de la joven esta empapada con la sangre de Pucha. Luego que el hombre eyacula, saca su miembro del cuerpo de la jovencita y procede a limpiarse su languidezco y muy grueso miembro al tiempo que muestra una profunda satisfacción de macho acompañada de una cruel sonrisa sádica... Pero mientras Pucha permanece indefensa y con gran dolor, el sale del cuarto de Pucha mostrando una gran satisfacción por su hazaña. Pucha por el contrario, queda en la cama sollozando profundamente. Luego que el hombre sale del cuarto de Pucha, Melinda llega hasta donde Pucha y dice "No llore chula que eso siempre pasa. De ahora en adelante tu podrás usar ese culo las veces que tu quiera." Pucha no responde nada. Solo mira a Melinda con un profundo desprecio. Pucha se siente sucia. Pucha en ese momento siente que ella esta lidiando con el mismito diablo. Luego que llega la noche, Pucha la pasa enteramente despierta y sin poder dormir de la incomodidad que siente en su vagina. Pucha no se puede levantar de la cama. El miembro de este hombre es tan grande, que le lesionó internamente parte de la vagina lo cual le creo una irritación incontenible que la obliga a durar tres días sin poder caminar. Luego de los tres días Pucha nota una gran comezón entre sus piernas. La parte privada de Pucha esta cubierta por muchos pelos negros muy tercios. Esto hace que la comezón sea mayor donde ella tienes los pelos. Por tal razón ella busca un espejo y procede a examinar el área donde ella siente la gran comezón. Para sorpresa de Pucha, ella descubre que tiene muchos puntito blancos en el tronco de muchas hebras de pelos. Pucha sigue examinado y descubre que estos puntos blancos no son más que huevitos blancos los que se encuentran también en los bordes de su vagina... Luego ella descubre con una de las otras mujeres del prostíbulo que estos huevos no son mas que huevos de ladillas. Pero mas tarde Pucha descubre que ella no tan solo esta llena de ladillas, sino que también esta infectada con gonorrea. Todo esto hace que Melinda tenga que llevar a Pucha al centro de salud para que sea tratada por dicha infección. Al salir del despacho medico, el medico le ordeno a la joven un tratamiento de tres semanas. Por esa razón Melinda le ordeno que el trabajo que ella tiene que hace con su parte privada, ella tiene que hacerlo con la boca por tres semanas. Después que Pucha que pasan las tres semanas, la joven reanuda su trabajo completo.

El tiempo transcurre y luego de dos años después de la partida de Pucha de la casa de sus padres, su hermana gemela Laura consigue una beca escolar y viajar como estudiante hacia la isla de Cuba para estudiar la carrera que ella quiera; contrastando esto con la vida de Pucha la cual esta trabajando en el prostíbulo propiedad de Melinda como un vulgar prostituta.

El tiempo transcurre y después que la joven tiene más de 1000 relaciones sexuales, ella comienza sospechar que se encuentra embarazada. Una mañana Pucha se acerca a Melinda y le dice "Melinda no puedo trabajar hoy. Yo tengo que ir al medico porque me siento muy mal" "Coñazo ya viene tu otra vez con tu maldita vaina. Que es lo que tú te cree que yo te voy a tener aquí en esta forma. Esto no es ningún jodio hospital. Tú sabes que todo lo que tú consigues aquí cuesta dinero. Tu me debes demasiado dinero para que tu me este hablando de que tu quieres ir al medico. Será mejor que te laves bien esas nalgas que hoy es Viernes y tu sabes que los Viernes y los Sábados hay muchos clientes con dinero y a ellos no les gustan las mujeres con las nalgas hediondas."Dice Melinda. Pucha se pone a llorar al punto que Melinda se levanta de su silla y le propina una cachetada y luego dice "Mira coñazo; ¿que diablo es lo que tu quiere? No me joda la paciencia. Ya son la siete de la noche. Tus no ves que el resto de las muchachas ya están listas para trabajar. Metete en el baño ahora mismo si tú no quiere que te tranque en el rejón y te deje allí por tres días. Otra cosa, que te voy a decir, el viernes pasado tú solamente estuviste con tres hombres. Ese es el precio del cuarto en el que tú vives y la comida que tú te comes por una semana. Tratas de redoblar ese numero hoy si tu no quieres problemas conmigo" Dice Melinda. Pucha se queda callada y se dirige hacia el baño a bañarse como Melinda le ordenó. Todo se ha tornado tenebroso para Pucha. Ella ha perdido el poder de discernir. Ella ha perdido la lucidez. Ella a perdido la capacidad de hablar con propiedad y determinación. Todo se ha tornado automatizado. Ella actúa como un robot. Pucha sabes que ella esta embarazada pero no sabes de quien ni cuantas semanas tiene. Pucha sabe que ella se tendrá que seguir acostando con todos los hombres que la soliciten hasta que la barriga se le ponga grande. Ella lo que no sabes es que le pasara cuando Melinda se de cuenta de que ella esta embarazada. Pucha sabe que la regla del prostíbulo es no salir embarazada y si eso sucedes se tiene que abortar y a los tres días después del aborto se tiene que seguir trabajando. La noche del Viernes pasa y la joven mujer se havia acostado con siete hombres durante esa noche. Puchaa esta destruida y postrada en la cama recuperándose para la noche del sábado. La producción de la joven durante la noche del viernes hace que Melinda cambie de tono. Lo único que ella no sabes lo que esta pasando con Pucha. Ella manda a hacer una sopa de cabeza de pescado. Este tipo de sopa se la havia recomendado Pancho soñé el cual cree y dice que este tipo de sopa sirve para restituir el cuerpo después de un exceso de trabajo. Pucha por el contrario presenta el típico malestar que presentan las mujeres con un embarazo de menos de cuatro meses. Pucha esta vomitando a cada momento. Lo peor del caso es que ella no deja que nadie sepa de su condición. Siquiera las compañeras de trabajo de ella saben lo que le esta pasando. La noche del sábado llega y Pucha de nuevo se pone disponible para todos los hombres que la soliciten. Durante la noche Pucha se entrega a la merced de lo que venga. El domingo por la mañana Melinda se acerca a Pucha y le dice "Mientras tu hagas las cosas bien tu y yo estaremos bien. Este fin de semana a sido bueno pudiste trabajar con doce hombres durante el Vienes y el Sábado. Eso no esta muy mal." Pucha no responde. Tan pronto Melinda sale del cuarto, Pucha comienza a llorar diciendo "perdóname padre; perdóname madre, perdóname hermana por esta desvergüenza." Pucha sabe que ella no ira de vuelta para el campo en estas condiciones. Pucha prefiere morirse ante de ir al campo y presentarse de esa manera ante sus padres. Por tal motivo Pucha soporta todas las vejaciones provenientes de Melinda.

Seis meses más tarde Pucha no puede seguir ocultando su embarazo. Por esa razón se dirige hacia donde Melinda y le dice "Melinda yo se que lo que te tengo que decirte te enfadaras mucho. Pero pase lo que pase es tiempo de que yo te digas que tengo seis meses de embarazo y nunca he visto a un medico." ¿"De que diablo es que tu me estas hablando coño? Tú sabes bien las reglas de este lugar. ¿Como diablo tú me vas a pagar el cuarto donde tú vives y la comida que tú te come? " Dice Melinda antes de ordenar a uno de sus secuaces a que coloquen a Pucha en el rejón para que se le practique un aborto. Pero para el desagradable bien de una ilógica suerte efímera, ese mismo fin de semana y por primera vez en la historia del prostíbulo, se reciben unas cuantas llamadas de hombres que quieren tener fantasías sexuales con mujeres embarazadas que se vean bien. Tan pronto Melinda recibe la noticia, para el desagradable bien de Pucha, Melinda manda a sacar a Pucha del rejón ordenándole a uno de sus secuaces que la traigan al salón de conferencia. Tan pronto traen a Pucha al salón lo primero que Melinda dice es "Eres muy dichosa chula. Olvídate de lo que te dije antes. Quiero que te vista bien bonita y que proyecte tu embarazo. Ponte bien sexy que tienes clientes." Pucha no entiende muy bien lo que Melinda le esta diciendo por esa razon pregunta "Pero yo no entiendo. ¿Quien se va a fijar en mí en estas condiciones? Mi barriga esta muy grande." "Olvidate de eso has lo que te digo que tu conseguira muchos clientes" responde Melinda. Pucha no dice una sola palabra. Pucha se da cuenta una vez más el grave error que ella cometió al seguir a Melinda ignorando la preocupación de su hermana Laura. Pucha sabe que

Melinda es un monstruo desalmado que no tiene concepto o compasión humana... La noche llega y Pucha decide arreglarse como le ordenó Melinda. Todo ya esta listo para la fiesta. Los hombres llegan al prostíbulo todos con las mentes repletas de las morbosidades generadas por dicha fantasía sexual. Pucha se ve hermosísima. La fiesta comienza y todos comienzan a beber alcohol y fumar al tiempo que el típico morbo característico de este tipo de prostíbulo, comienza a manifestarse paulatinamente. La insinuación con contenido sexual y las vulgaridades rampantes mezclada con los típicos manoseos característicos del lugar, muestra que todos los presentes han comenzado a darle rienda suelta a sus emociones las cuales pudieran ser tanto fingidas como reales. La noche transcurre y Pucha ha tenido relaciones sexuales con dos hombres diferentes. Luego que la joven retorna al salón y se acomoda en su silla, uno de los hombre que llamó a Melinda preguntando por una mujer que este embarazada se acerca a Pucha y comienza a hablarle y luego se marcha, mientras Melinda observa a Pucha con gran satisfacción lo que la hace alzar su mano derecha mostrando los dedos índice y mayor con los cuales le hace el signo de la victoria a Pucha manifestándole sus complacencias. Luego que este hombre se toma unos cuantos tragos, se dirige al mozo señalando a Pucha al tiempo que le comunica al mozo en voz baja "oye mozo me estoy derritiendo por las preñada; la quiero pero ya mismo. El sueno mío siempre a sido encontrar una mujer preñada que se vea como esta". Mientras la joven permanece sentada sola en un sillón, el mozo se acerca a la joven diciéndole "Pucha tienes otro cliente. Ese hombre esta interesado por tus servicios". Mientras todo esto sucede, Melinda observa. Pucha mueve la cabeza en señal de obediencia y procede a darle seguimiento a lo que ella tiene que hacer. Pucha se le acerca al hombre y después de hablar unas cuantas palabras con este, sale rumbo a su habitación de manos del forastero. Tan pronto entran a la habitación de Pucha, el hombre no se puede contener y comienza a acariciar la barriga de Pucha. Luego comienza besar a Pucha por el cuello; lo que hace que. secretamente Pucha se ponga a llorar de pena. De repente el hombre se pone extremadamente fogoso. Dicha fogosidad es tan intensa y brusca, que pudiera ser comparada con la fogosidad de un caballo frente a una yegua. El hombre coloca a Pucha sobre la cama sin importarle el estado de embarazo de la joven mujer. Pero de repente este hombre comienza a removerle la ropa interior a Pucha de una forma violenta. Luego sostiene las dos piernas de la joven hacia arriba presionándolas contra la hermosa barriga de la joven. De esa manera Pucha puede sentir a través del contacto de sus piernas con su barriga, como la criatura que llevas en su vientre se revela en contra de la brutalidad sexual de este hombre. Pucha siente los movimientos de la criatura dentro de su vientre como si esta le estuvieran advirtiendo del dolor y la presión que este hombre le esta causando. Luego que el hombre levanta las piernas de Pucha, este comienza a introducir su pene con mucha fogosidad en la vagina de Pucha al mismo tiempo que aprieta el vientre de la joven con una fuerza descomunal. Este hombre presiona tan y tan fuerte el vientre de la joven, que provoca lesiones internas en el vientre de la joven y así creando un profundo sangrado por la vagina de la joven. Luego que el hombre se percata de la gran cantidad de sangre que sale de la vagina de la joven, este sale corriendo de la habitación de Pucha y se dirige hacia el mozo diciéndole "llama a la ambulancia que la mujer con la que yo estuve esta sangrando mucho. Toda la cama esta llena de sangre"... El mozo le dice al forastero "Esta bien llamare a la ambulancia. No se preocupe. Siga divirtiéndose que esto no es la primera vez que sucede. Nosotros sabemos lo que tenemos que hacer." El forastero escuchó al mozo y siguió divirtiéndose con otra chica del prostíbulo como si nada hubiese pasado. Luego el mozo se dirige asía donde Melinda y le comunica la situación. Melinda llama a una de las parteras que practican abortos en el prostíbulo y le informa de lo que esta pasando con Pucha. La partera se dirige al cuarto de Pucha y nota que Pucha esta totalmente desangrada. El cuerpo de Pucha esta frío. De repente la partera nota que la cabeza de la criatura esta saliendo como si en ese momento Pucha comenzara a parir. Pero Pucha no se mueve. La partera comienza a hacer su trabajo como partera.

De repente el cuerpo de la criatura sale del vientre de Pucha. "Es un niño. Es barón" dice la partera. Pero al tiempo que la partera tiene el niño en sus manos, ella nota que Pucha no se mueve. El cuerpo de Pucha se encuentra frío y pálido como si a través de sus venas no estuviera circulando ni una sola gota de sangre sino más bien agua de uno de los glaciales del ártico. De repente la partera acuesta al niño al lado de Pucha y cuando le toma el pulso a Pucha dice "Pucha esta muerta. La cantidad de sangre que ella a perdido es muy grande." Luego que Melinda es informada de lo ocurrido, sin ningún tipo de compasión o respeto por la vida humana, ordena que el cadáver de Pucha sea sacado de la habitación y luego secretamente enterrado en el patio del prostíbulo sin que ninguna otras personas diferente a las presentes supiera nada de lo ocurrido en ese momento. Después que el cuerpo de Pucha es enterrado, Melinda busca un lugar para que se encarguen del niño. Para estos fines ella se dirige al orfanato del lugar alegando que ese niño fue abandonado por una de sus trabajadoras sexuales quien no quiere tener este tipo de responsabilidad. El niño fue ingresado en un centro de niños desamparados.

El tiempo trascurre al tiempo que el dueño del centro se encariña con el niño y lo reconoce como su hijo adoptivo. Luego lo bautiza dándole su nombre llamándolo Ramón Buenaventura Jr. El apellido Buenaventura le es dado al niño por ser este el apellido del director del centro el señor Julio Ramón Buenaventura. Por ese motivo todos los trabajadores del centro cariñosamente comenzaron a allanar al niño utilizando el apodo de Mon. Pero antes del señor Buenaventura ponerle el apellido al niño, el se ocupó de no quedarse solo con la información que el recibió de parte de Melinda a cerca del porque el niño fue llevado al orfanato. El hizo su propia investigación a cerca de quien era la verdadera madre del niño y porque el niño fue entregado al centro. El señor Buenaventura también obtuvo informaciones a cerca del nombre de la verdadera madre del niño y que pasó con ella. Pero después que el señor Buenaventura colectó dicha información, en realidad todo se quedó en un hermético secreto sin que nadie pudiera darse cuenta de lo ocurrido. Este señor nuca denuncia a Melinda ante las autoridades El señor Buenaventura no quiere ponerse en la palestra pública por este ser un extranjero. El prefiere quedarse callado y dejar las cosas como están El archivo del centro estará bajo el control del señor Buenaventura hasta el día que el pare de ser el administrador de dicho centro o hasta el día de su muerte. En ese momento el archivo pasaría a mano del estado de la nación dominicana. El señor Buenaventura es un señor muy querido por la población debido a su forma altruista y filantrópica que por decadas lo ha caracterizado. Este señor no tiene familiares conocidos en el país. Muchas gentes dicen que sus padres eran de Puerto Rico. Que ellos vinieron al país cuando los puertorriqueños viajaban a la Republica Dominicana en busca de mejore condiciones de vida. Esto fue antes y después del 1898 cuando los Americano se apoderaron de la Isla de Puerto Rico. Las gentes dicen que al morir sus padres, el se quedo sin familia por ser el único hijo. Por esa razón se mudo de la capital donde vivían sus padres. Pero el también tiene vivienda en la provincia de San Pedro de Macorís por más de cuarenta anos.

La década de los sesenta concluye y Mon ya tiene ocho años de edad. El director del centro es el padre adoptivo de Mon y quien se encarga de darle seguimiento a la educación de su salud lo que le permite al niño poder ir a la escuela y tener un techo que lo cubra. El tiempo transcurre y Mon se torna un joven muy bien educado. Luego de terminar sus estudios secundarios, este comienza sus estudios universitarios graduándose de psicología. Mon adquirió un alto grado de conocimiento en el campo de la psicología. Pero contrario a lo que Mon pudo aprender para ayudar a otros, Mon exhibe una deficiencia de carácter que no le permite ayudarse asimismo; pero mucho menos ayudarlo a poder conquistar el interés del sexo opuesto. Esto sucede al tiempo que Mon se convierte en un gran admirador de las mujeres bonitas. Mon vive con su padre adoptivo hasta que este muerde. Al morir su padre, Mon hereda parte de los bienes dejado por el difunto y el resto fue donado por el dueño con anticipación a los niños desamparados antes de su muerte.

Es la media noche del domingo; tiempo cuando los lugareños duermen con la finalidad de ir a trabajar el lunes por la mañana. La habitación esta oscura y muy caliente. La constante brisa marina que siempre refresca el poblado parece que cesó. La humedad que asota el lugar intensifica el calor. La energía eléctrica se encuentra en su estado normal y por ese motivo solo las luces de las luciérnagas alumbran el lugar. De repente un brote de mosquitos penetra en la habitación interrumpiendo el agridulce sueño de Mon el que esta disfrutando de una hermosa experiencia a través de su sueno. Mon es uno de muchos profesionales que presentan un perfil repleto de deficiencias de carácter. Mon no cuenta con las herramientas necesarias para el poder conquistar el interés del sexo opuesto. Este problema a comprometió a Mon como de igual manera quizás a comprometido a todos los que presentan este tipo de perfil, en estudiar algo que le permitiese por lo menos redirigir sus conductas en ese sentido y así poder funcionar normalmente en la sociedad donde viven. Mon estudio psicología en una de las mejores universidades del país. Esto le a permitido en cierto modo poder cambiar o mitigar el problema de carácter que el siempre a presentado. En realidad esto le ha permitido poder trabajar efectivamente como consejero.

El lunes por la mañana Mon se levanta de la cama y comienza a preparar su equipaje para ir a trabajar. Mon es un consejero social quien trabaja como consejero en unos de los centros carcelarios del país. Mon esta totalmente convencido de que las personas que delinque pueden ser regeneradas y convertidas en miembros productivos para la colectividad. Mon se ha quedado soltero por haberle entregado su corazón platónicamente a una mujer cazada. Al llegar a la estación de la guagua, Mon se encuentra con Tito unos de sus pocos amigos el cual trabaja junto con el en la cárcel del pueblo. Mon es el consejero y Tito es un oficial correccional. Tito es el primero que saluda "Hola Mon; ¿Cómo te fue el fin de semana?"Pregunto Tito. "Este calor no deja dormir a nadie. Pero no es solo el calor, sino también la humedad" dijo Mon. "Pero Mon se te olvidó lo peor" dijo Tito. "Lo peor; ¿y que es lo peor?" pregunto Mon. "Pero parece que tu no vives en este pueblo. Mon ¿y donde tu dejas esos malditos mosquitos?" dijo Tito. "Hay muchacho pero tu no te imagina lo difícil que es dormir con esos insectos alado. Anoche mismo estuve un encontronazo con esos insectos. No me dejaron dormir. Pero mucho meno me dejaron terminar mi tan hermoso sueño" Dijo Mon.

Luego que los dos amigos se montan en la guagua, Tito es quien le da continuidad al dialogo. "Pero Mon ¿como están las cosas con la chica aquella; con Janet? Yo se que tu da la vida por Janet" dijo Tito. "Anoche la vi tomando el Sol en la playa y pude ver sus largos y negros cabellos cubriendo su hermoso cuerpo al tiempo que yo sentía celos de los rayos de sol por estos poder estar rozando su hermoso cuerpo y yo no." Dijo Mon. "Pero Mon yo no entiendo. El Sol no sale de noche" resp/Tito. "¡Ja, ja, ja, ja que chistoso tu eres! Amigo esto fue en un sueño; un sueño. Lo malo del caso fue que cuando yo estaba cerca de ella, noté como ella quería besarme y abrazarme. Ella se me acercó con los brazos abiertos con una pequeña tanguita roja. Pude ver como se quito el sostén mostrándome sus hermosos senos y acercadse hasta mí. Pero cuando estaba listo para abrazarla y besarla no pudo suceder; no pudo ser coño"dijo Mon. ¿"Que paso Mon? ¿Qué paso?" pregunta Tito. "Yo puedo dormir y soñar con calor o sin energía eléctrica Pero yo no puedo dormir ni tampoco soñar con esos jodios mosquitos; no puedo" dijo Mon. ¿"Pero Mon que pasó con los mosquitos?" pregun/Tito. ¡"Coño Tito me despertaron!; me despertaron y no pude besar a la mujer que amo; no pude" resp/Mon. Tan pronto Mon termina de explicarle a Tito lo sucedido, la guagua llega a la parada de los dos amigos. Luego de desmontarse de la guagua, los dos hombres se dirigen hacia sus respectivos centros de trabajo.

Tito tiene la responsabilidad de hacer que las reglas dentro del precinto carcelario sean cumplidas. Mientras que Mon tiene bajo su responsabilidad de ayudar a los presidiarios a que obedezcan tanto las reglas dentro de la cárcel como también las normas convencionales que rigen la sociedad fuera de la cárcel.

El día trascurrió dentro de la cárcel, sin ningún tipo de problema. Es hora de Mon y Tito completar sus agendas de trabajo por ese día. Son la seis de la tarde. Tiempo en el cual el Sol se dispone a darle el usual beso matutino a la tierra y así crear un maravilloso espectáculo natural. Tal espectáculo es ansiado de ver desde el malecón del pueblo por todos los lugareños. Por ese motivo la ciudad de San Pedro de Macorís; la cual tiene su es conocida como ciudad oriental de los vellos atardeceres. Durante las tardes, a los lugareños les gustan ir al malecón a contemplar como el Sol desciende creando una sensación de que el Sol es tragado por el mar por este ser visto desde la distancia como si se encontrase en descenso hacia mar adentro al simular enclavarse en el mar de forma vertical.

Es por esa razón que durante las hermosas tardes después de un largo día de trabajo, Mon decide ir al malecón a disfrutar un poco de la fresca brisa marina y del maravilloso espectáculo natural formado por el sol, la tierra y el mar. . Mientras Mon se encuentra sentado en uno de los tantos muros tipo banco que forman el malecón, una jovencita de aproximadamente 16 años se le aproxima. El cuerpo de la jovencita secretamente presenta algunas de las huellas dejadas por el abuso de drogas y sexo. Los labios de la jovencita se notan húmedos y brillosos y su cara refleja el tipo de ansiedad que reflejan las personas cuando necesitan usar drogas tanto anti-depresivas como alucinógenas. Pero más que eso, la blusa que esta joven lleva puesta sin ningún sostén por debajo refleja que los senos de esta jovencita presentan la rigidez y consistencia que deben tener los senos de una jovencita de su edad. No obstante a eso, los senos presentan marcas y huellas dejadas quizás por la excesiva actividad sexual de esta joven. Pero lo mas grave del caso es que la malicia proyectada por esta jovencita denota un alto grado de inteligencia callejera, rebeldía, cinismo y poca humildad. En otras palabras y como dicen los dominicanos, esta joven presenta un tigueraje de alto nivel. Pero por encima de todo esto esta jovencita en el fondo muestra señal de que puede fácilmente ser ubicar en una clase social acaudalada... Con esta jovencita se encuentras otro jovencito de aproximadamente unos 17 años de edad. Este jovencito esta parado a unos cuantos metros del lugar donde se encuentra Mon. El joven llevas puesto unos pantalones cuya cintura se encuentran muy por debajo de sus nalgas. De igual manera este joven muestra los mismos rasgos sociales de la jovencita. Los dos jovencitos muestran el mismo tipo de melancolía y ansiedad creada en la mente del que quiere usar drogas y no la consigue... De repente; la jovencita se acerca a Mon y dice ¿"Oye que pasa no tiene ambiente? ¿No te importa si te acompaño?" Mon se queda mirando la joven por un momento como si el no entendiera los que la joven le pregunta o de lo que esta pasando. Mon reacciona como si los conocimientos de conserjería que el tiene se desvanecieran de su conciente en ese momento. Mon no responde; solo mira a la chica. La jovencita se sienta al lado de Mon como si ella lo conociera o hubiese estado con el en otras ocasiones. Mon no reacciona de acuerdo a sus conocimientos sino mas bien se queda quieto permitiendo que la jovencita le de rienda suelta ha sus acciones. Esto permite que la joven se torne sensualmente un poco agresiva y comience a pasarle su mano derecha por las mejillas de Mon , Pero Mon en vez de actual sublimemente y de acuerdo a su posición en la sociedad, cierra los ojos como si el estuviera sintiendo placer por todo lo ocurrido. De repente Mon abre los ojos notando como la jovencita lo esta acariciando. Pero una fuerza mucho mas fuerte que la fuerza de voluntad de Mon, no lo deja reaccionar y parar las acciones de esta joven. Mon se queda como si el fuese un monigote de carne y hueso. El tiempo transcurre y el Sol desaparece dejándole el paso abierto a la noche. Mientras oscurece en el malecón, la jovencita sigue acariciando a Mon. Luego la joven llega más lejos y lentamente comienza a desabotonar los botones de la bragueta del pantalón de Mon. Mientas la joven hace esto, Mon alza su mano derecha como si fuera a detener a la joven. Pero en ese momento la joven agarra el miembro de Mon y comienza ha manosearlo de tal forma que Mon se compromete a querer que ella siga. Pero de repente, la joven asoma su cabeza hasta las piernas de Mon al tiempo que se introduce el miembro de Mon en su boca iniciando un movimiento vertical con su cabeza de largas cabellera. Esto pone a Mon fuera de control... Pero una fuerza incontrolable hace que Mon mire hacia el lado opuesto permitiendo que la jovencita continúe con sus acciones. De repente la joven decide intensificar el movimiento de cabeza lo que hace que Mon se ponga eufóricamente excitado. Mon comienza con quejidos los cuales luego lo convierte en suspiros. Esta es la primera vez que Mon ha podido tener este tipo de relación con una mujer. De repente Mon dice "hay, hay, Janet sigue, sigue Janet" Cuando la jovencita oye a Mon decir tal cosa, ella se detiene y se pone a reír y luego dice "con que Janet, Janet; mi nombre no es Janet. Parece que te esta gustando" Después que la joven dice esas palabras, ella continua haciéndole sexo oral a Mon. Pero en esta ocasión Mon es quien le agarra la cabeza y se la pone en posición para que ella pueda continuar haciéndole lo que a el ya le gustó. La joven sigue haciéndole sexo oral a Mon. Pero de repente por detrás de las matas de coco que están ubicadas cerca de donde se encuentran Mon y la jovencita, aparece el jovencito que acompaña a la joven. Tan pronto el joven llega al lugar, encontrando a Mon con su cabeza mirando hacia el cielo, lo primero que hace es sacar un cuchillo muy afilado y cortarle la garganta a Mon después de aprovecharse de que Mon tiene su cabeza mirando hacia el cielo dejando su garganta totalmente expuesta por este estar quejándose y suspirando... Pero luego que el joven termina de cortarle la garganta a Mon, el nota que accidentalmente el se corta un dedo. El joven se sacude la mano y parte de la sangre que sale de su dedo cortado cae al piso. Eso hace que el joven se altere más de la cuenta y además de cortarle la garganta a Mon, también en forma brusca le propina múltiples puñaladas al cuerpo moribundo de Mon. Estas puñaladas colaboraron para que Mon muriera más rápido. Luego que el joven termina de propinarle las puñaladas a Mon, se quita un pañuelo azul con rayas blancas que lleva cubriéndole la cabeza y lo usa para limpiase la sangre que sale de su dedo cortado. Luego que se limpia la sangre suelta el pañuelo azul y blanco y saca otro pañuelo blanco el cual usa para amarrarse el dedo cortado. Por otro lado los cabellos de la jovencita se encuentran empapados de la sangre de Mon. Por tal motivo cuando el joven termina de matar a Mon la joven dice "coño porque tardaste tanto. Tú sabes lo hedionda que esta la bolsa de este loco. Sacale el dinero de los bolsillos mienta yo boy a enjuagarme el pelo y limpiarme la sangre con agua de la playa" El jovencito sigue las ordenes de la jovencita y procedes a sacar todas las pertenencias de los bolsillos del pantalón de Mon. Luego se dirige hacia la playa donde la jovencita se encuentra enjuagándose el cabello. El cuerpo de Mon es dejado ensangrentado y tendido sobre del muro donde Mon se encontraba sentado, cubierto por su propia sangre y unas cuantas hebras del cabello de la jovencita la cual quedaron en la mano derecha de Mon.

El día siguiente, todas las gentes se encuentran alarmadas por el hallazgo del cuerpo de Mon en el malecón; el que presenta múltiples puñaladas y la garganta totalmente cercenada. Las hormigas y algunos cangrejos de mar eran los únicos seres vivos merodeando cuerpo a cuerpo el cuerpo ensangrentado de Mon. Después que los investigadores colectaron todas las evidencias incluyendo las hebras de cabello y el pañuelo azul y blanco, la introdujeron en una bolsa de papel marrón claro la cual fue sellada y luego depositada en el archivo de evidencia criminal. Luego que el cuerpo fue levantado, y conducido hacia la morgue donde se le practicó la autopsia correspondiente. Al final de la investigación y luego que los investigadores no encontraran a ningún sospechoso, el caso fue archivado como caso pendiente por resolver. Pero para bien o para mal casos de asesinato como este no prescriben en el sistema de justicia criminal del país. Pero no tan solo dejan de prescribir en el sistema de justicia criminal sino que tampoco prescriben el las mentes de las gentes. Por esa razón en relación al caso de Mon, todos los días los lugareños se enfrascan en una permanente discusión acerca de la posible razón por la cual Mon fue asesinado de esa forma. Pero no obstante a dicha discusión, la mayoría de las gentes no podían comprender el porque de todo los que havia sucedido.

Por otro lado en uno de los mejores colegios del pueblo, existe una gran consternación por la forma que mataron a Mon. La consternación es tan grande que el colegio ha decidido incluir en su currículo de clases el tema de la criminalidad callejera. La asistencia de este colegio esta básicamente compuesta por los hijos de los más pudientes del pueblo por ser este el colegio más costoso del pueblo. En este colegio hay una jovencita muy inteligente llamada Ruth Cartel. Esta joven siempre toca todos los casos que suceden en el lugar con gran objetividad y poder de convocatoria frente a los demás estudiantes. Esta joven es hija de un prominente hombre de negocio; el Sr. Ramón Cartel y la Sra. Sara Cartel. En una ocasión la joven Ruth tuvo un pequeño problema en el colegio lo que obligó a las autoridades del colegio a tener que enviarles una carta a los padres de la joven. El resultado fue que el Sr. Cartel se excuso muy cordialmente y luego le mando un emisario a los directores del colegio con un sobre repleto de dinero y prometiéndole a las autoridades del colegio que la joven no volverá a comportarse de esa manera. Durante todo esto sucede uno de los trabajadores del colegio llamado Carmelo Soñé el hijo de Pancho Soné el amigo de Melinda se entera de todo lo sucedido por este ser quien recibes el sobre. Carmelo ha trabajado como mensajero del colegio por unos cuantos años. Antes de Carmelo entregarle el sobre a la directora del colegio, el trata por todos los medios de saber que hay dentro del sobre y porque es enviado de esa forma y no por correo. Después que Carmelo satisface su curiosidad sin tener que abrir dicho sobre, le entrega el sobre a la directora del colegio. Desde ese momento, la joven continúo con sus estudios después de prometerles a las autoridades de dicho colegio que cumplirá con todas las reglas internas del colegio.

Por otro lado un sábado por la tarde la Sra. Sara madre de Ruth se encuentra en el salón de belleza arreglándose el pelo porque tiene que asistir a una sena con el Sr. Cartel. En ese momento Juana la madre de un joven llamado Pedro y la cual es amiga de Sara de igual manera llega al salón. Al tiempo que Juana alcanza a ver a Sara se abalanzó hacia ella ¿"Sara como tu estas; y Ruth como esta? Pregunta Juana. "Yo estoy bien. Ruth esta bien también; tu sabes como es ella con su escuela. Ella es una chica muy especial. Por eso es que a ella la envidian tanto. ¿Pero y Pedro como esta?" pregunta Sara. "Tu ya lo dijiste. Eso mismo pasa con Pedro. Pero tú sabes. Eso no para a Pedro. El es un chico muy aplicando. Tu sabe como son los jóvenes de hoy" dice Juana. ¿"Oye tu oíste lo que le paso el psicólogo?" pregunta Sara. "Caramba así me dijo Pedro dizque que a ese psicólogo lo mataron de unas cuantas puñaladas. Pero de acuerdo a lo que me dijo mi hijo Pedro, lo peor del caso fue como le cortaron la garganta a ese hombre. ¿Tú sabes lo que es eso? Yo no sabia nada de lo que havia pasado. Como tu sabes el vecino del hermano de mi esposo trabajaba en la misma cárcel donde el psicólogo trabajaba" dice Juana. "¿Pero tu te refieres al hombre ese que le dicen Tito?" pregunta Sara. "Si ese mismo" dice Juana. "A mí no me cae muy bien ese tipo. El tiene cara de puritano y súper héroe." Dice Sara. Las dos mujeres continuaron con su conversación hasta que llegó el momento de irse del salón.

El día transcurrió y la hora de Sara y Ramón salir de la casa había llegado. Todo esta listo para la partida. Ruth en ese momento se encuentra en su cuarto esperando el momento que sus padres salgan de la casa. Pero de repente Sara se acerca a Ruth antes de salir "Hija ten mucho cuidado. Yo estoy muy preocupada con lo que le paso a ese psicólogo. Tú sabes mi hija. Hoy en día la delincuencia está a la orden del día y la mayoría de las veces gentes como nosotros nos convertimos en presas de esos delincuentes" dice Sara. "Hay mama eso es verdad. Pero uno no debe de ser tan pesimista. Nadie sabes lo que ese psicólogo hizo o quiso hacer antes de que lo mataran de la manera que lo mataron. Eso que te esta mortificando, los psicólogos les llaman paranoia. Mami vete tranquila que a mí no me pasará nada" responde Ruth. Luego que Ramón termina de vestirse se acerca a Ruth le da un beso en la mejilla antes de el y Sara alejarse de la casa. Luego Ruth se dispone a ir a la cocina en busca de un vaso de agua. Ruth se encuentra un poco cansada por el tipo de actividad que ella tuvo durante el día. Luego Ruth retorna a su cuarto donde se quedo dormida hasta el día siguiente.

Por otro lado Juana se encuentra muy entusiasmada con lo que ha ocurrido en su casa. Juana acaba de recibir una carta del consulado de los Estados Unidos informándoles de que ella y su hijo Pedro tienen una cita para el día quince del presente mes. Juana sabe que eso significa que ella y Pedro se irían para los Estados Unidos a vivir junto a Juan el esposo de Juana y padre de Pedro. Juana se encuentra muy ansiosa por darle la sorpresa a Pedro. De repente la puerta del patio se abre y Pedro entra a la casa por la puerta de la cocina. Juana se levanta del sillón donde ella se encuentra sentada y dice "mi hijo nos vamos para los Estados Unidos; no vamos" Pedro no muestra ningún tipo de emoción. Pedro reacciona como si eso no lo impactara de la misma manera que impactó a su madre. ¡"Oh, eso esta bien"! dice Pedro al tiempo que entra a su cuarto serrando la puerta casi en la cara repleta de felicidad que muestra su madre. Después que Pedro entrar a su cuarto, Juana coje el teléfono y llama a Sara para informarle acerca de la cita con el consulado de los Estados Unidos. Sara solo se alegra de saber que Juana se juntara con su esposo sin darle mucha importancia al viaje a los Estados Unidos. .

Por otro lado en la casa de Tito existe una incertidumbre muy grande. Después del asesinato de Mon, Tito decide buscarse otro trabajo en uno de los aeropuertos del país. Lo único que July la mujer de Tito no esta muy satisfecha con la decisión tomada por Tito en ese sentido. "yo no se que nosotros vamos a hacer ahora que el salario que tu estas devengando como trabajador del aeropuerto es menor que el que tu devengabas como guardia de corrección." Dice July "yo se lo que quiero, Uno siempre debe de arroparse hasta donde la sabana le de. Es mejor tener este trabajo con este sueldo aun este sea menor al que yo tenias, y no estar trabajando con las insatisfacción y penas que me embargaban estar trabajando en esa cárcel." Dice Tito. July no acepta la posición de Tito lo que genera discrepancia entre ambos. Tito no puede entender porque Mon fue asesinado de esa manera. Tito nuca pudo ver a Mon siendo irrespetuoso con alguien. La cortadura de garganta de Mon es lo que mas lo apenas. Solo a las personas que crean problema con lo que dicen pueden encontrar un enemigo que le corte la garganta de la forma que se le cortó al difunto Mon. Mon no hablaba de nadie. Lo único que Mon hacia era ayudar a los que necesitaban de su ayuda o consejos como psicólogo y soñar.

Por otro lado el día quince llega y Juana con su hijo Pedro se presentan a su cita con el cónsul. Después de estar esperando por más de tres horas, Juana y Pedro son llamados por el cónsul. Tan pronto entran a la gran oficina la gran sorpresa de ambos es que no hubo problema con el papeleo he inmediatamente consiguen la residencia permanente en los Estados Unidos. Juana esta extremadamente feliz. Es tanto así que tan pronto Juana llega a su casa, comienza a llamar a todas sus amistades para darle la noticia. Muchas de las amistades de Juana le responden con un tono sarcástico porque la mayoría de las amistades de Juana son personas acomodadas la cual no ven un viaje a los Estados Unidos como un logro de nada sino mas bien como algo muy transitorio en la vida de gentes acomodadas como ellos. Pero no obstante a esto, dicho viaje ha comprometido a Juana a utilizar un criterio equivocado al regalar muchas de las pertenencias que ella piensa que no le serán útiles luego de que ella se marche del país.

El tiempo ha transcurrido pero Tito se encuentra en su casa con su esposa July todavía muy devastado por la pérdida de su amigo y compañero de lugar de trabajo. Esto hace que Tito se ponga a injerir bebidas alcohólicas hasta emborracharse. "Haaaay, haaay, haaay coño ¿quien habrá sido el mal nacido o los mal nacidos que le quitaron la vida a mi amigo Mon; quien? haaaay" Dice Tito con llantos y tirado en el suelo. "No te pongas así amor mío; no te ponga así. Tú te puedes enfermar querido; cálmate; no te pongas así. En momentos como este es que uno tiene que ser fuerte." Dice July. Tito y July quedan tirados en el piso abrazado como si esta tragedia los comenzara a comprometer mucho más con su relación. Luego de July calmar los llantos de Tito de repente ella lo besa y así Tito la besa de tal forma que los llantos que el tenia por la muerte de Mon fueron cambiado por los quejidos apasionados generado por el enlace carnal que une a July con el cuerpo sudado de Tito. De repente la pareja torna la sala de su casa en un verdadero invernadero de amor apasionado donde el sudor del cuerpo de Tito se mezcla con el sudor del hermoso cuerpo desnudo de July mojando el suave piso de mármol donde se encuentra la pareja y el que es el único que puede ver que July es la que tiene el control absoluto del apasionado encuentro carnal. El tiempo pasó y la pareja quedo abrasada y dormida en el piso hasta el día siguiente. Luego temprano por la mañana la primera en pararse del piso es July. Tito por el contrario se queda meditando. De repente Tito se para del piso, se dirige hacia la cocina donde se encuentra July y luego dice "July tengo una gran idea" ¿"cual idea y acerca de que? pregunta July. "creo que lo mejor que yo debo de hacer es seguir mis estudios. Yo creo que lo mejor que yo debería de hacer para poder llegar a saber quien mato a Mon, seria estudiar ciencias forenses" dice Tito. "ciencias forense; ¿y que es eso?" pregunta July. "No se como explicarte. Lo que si te diré es que estudiare y aprenderé lo que tengas que aprender para poder convertirme en un investigador de crímenes violentos. Yo tengo el presentimiento de que aprendiendo acerca de esta ciencia yo podría adquirir los conocimientos necesarios para aclarecer cualquier tipo de crimen violento; incluyendo el asesinato de Mon. Dice Tito. "Tu no te das por vencido. Eso es una de las cosas que mas me gustan de ti" dice July. El próximo día Tito inmediatamente se reporta a la Universidad en busca de informaciones acerca de cómo y cuando el pudiera matricularse como estudiante de ciencia forenses. Luego de Tito conseguir lo que buscaba, continua con su proyecto hasta verse matriculado y convertirse en un estudiante regular de ciencias forenses. De esa manera Tito se convierte en trabajador del aeropuerto y estudiante a la misma vez.

Ocho años después de Juana y Pedro marcharse del país para los Estados Unidos han sido suficiente para que Pedro terminara su licenciatura en ciencias política en una prestigiosa universidad del estado de NY y luego decidir regresar a la Republica Dominicana a terminar otra carrera de abogado. Esto sucede con Pedro al mismo tiempo que dos años antes Tito también completó sus estudios y se gradúa como criminalista. Tito estudio ciencias y psicología forense. Pero también se graduó como doctor en leyes.

Por otro lado la familia Cartel enfrenta un gran dilema. La única hija de la familia ha decidido convertirse en monja. La señora y el señor Cartel no se explican el por que del cambio tan drástico de su hija Ruth. "No se que esta pasando con Ruth. Ahora quiere ser monja. Nunca pensé que ella tomaría ese Norte." dice Ramón. "Tu sabes como son estos jóvenes de hoy. Con todas las oportunidades que ellos tienen se les hace un poco difícil elegir lo que ellos quieren. No es como cuando tú y yo éramos jóvenes. Nosotros teníamos que coger los que havia y hacer con eso todo lo que se tenía que hacer; añadiéndole el hecho de nosotros teníamos que hacer lo que se nos decía sin poder tener otra opción. Hoy en día estos jóvenes tienen muchas opciones y poder de decisión y por esa razón se les hace un poco difícil escoger una buena opción para sus vidas. Vamos a dejar nuestra hija que elija lo que ella quiera elegir para su futuro. Tu sabes que a ella no le falta ni le faltara nunca nada" dice Sara. Cuando Sara termina de explicar su posición acerca del futuro de su hija Ruth, Ramón se acerca a Sara dándole un beso al tiempo que dice "okay mi amor tu ganas. Creo que tú tienes mucha razón. Estos chicos de hoy son como la auyama o calabaza. Ellos han nacidos con la flor en el culo"

El tiempo ha transcurrido permitiendo que Tito continúe ejerciendo su profesión como investigador y criminalista. Pero en uno de los barrios del pueblo llamado barrio "Placer Bonito" existe el restaurante de Paco. Este es conocido por ser el hombre más dichoso en los negocios de venta y distribución de comestibles cocinados. Todos en la región se preguntan cual seria el truco de Paco. El sabor de la carne que se vende en el restaurante de Paco es inigualable. Gentes de todo el territorio nacional vienen al restaurante de Paco a comerse su carne azada; como también guisada. Este restaurante es también conocido por ser el mejor lugar donde se puede comer carne de chivo guisada por el gran sabor tan sabroso que tiene dicho guisado. Pero lo mas atractivo para los clientes del restaurante de Paco es el precio de los platos. Las gentes comen bien pero también se divierten bien a precios módicos. Un viernes por el tarde Carmelo el antiguo mensajero del colegio donde estudio Ruth Cartel se presenta en el restaurante de Paco. Este restaurante es conocido en todo el país por ser el único que vende comida barata y muy buena. Carmelo ya conocido como "El Gárrulo" por este ser dueño de un programa radial, siempre hace mención de lo curioso que es el poder conseguir los tipos de comestibles que vende este restaurante al precio que este los vende. El Gárrulo no puede entender como el dueño del restaurante puede permanecer abierto vendiendo a teles precios. Carmelo es tildado de ser un gárrulo porque el tiene por costumbre hablar de lo conocido de la misma forma que habla de lo desconocido. El Gárrulo dice que el no esconde nada y menos para agradar a alguien. El Gárrulo dice las cosas como son, y no como alguien quiera que sean. Pero también lo llaman el loco porque todo lo que sale de su boca, es rechazado por unos cuantos no porque el este diciendo locuras, sino porque lo dicho esta contra los intereses de esos cuantos. El Garrlo dice que este tipo de reacción es parte del comportamiento psico-social general; porque esos cuantos estarán siempre comprometido con un alto grado de racionalización frente a cualquier verdades que afecten sus intereses. Esto hace que estas gentes se comprometan a través de un sofismo malsano y falso a querer convertir las verdades de las cosas que a ellos no les convengan en algo falso he improcedente. El Gárrulo se encuentra sentado en una mesa con uno de los primos de Judy la mujer de Tito. El primo de July es conocido como el rey del la radio. "tráime un par de frías pero ábremela aquí quiero oír el sonido del ssheiiks cuando tu las destape" dice Gárrulo. ¿"El sonido del ssheiiks y que es eso"? pregunta el mozo. "Ese es el sonido que tiene que producirse entre la botella y la tapa al tiempo de quitarle la tapa a dicha botella. De esa forma uno puede determinar la pureza de la cerveza." dice el Gárrulo. "Aquí todas las cervezas son puras. Aquí no se venden cervezas malas. Todo lo que aquí se vende es fresco sabroso y muy saludable" Responde el mozo. "Yo te creo mozo. Pero quiero que sepas que tú tienes derecho a decir con tu boca todo lo que tú quiera. De igual manera yo tengo derecho de creer o no creer con mi cabeza lo que me venga en gana. Pero dejémoslo así mozo y tráeme las frias y abremela aquí en la mesa que te voy a dar buena propina" responde el Gárrulo. "Tato loco, tato" responde el mozo. El Gárrulo se dispone a compartir con su amigo en el restaurante. De repente el amigo de Gárrulo dice "tengo mucha hambre ¿que vamos a comer? Aquí venden un chivo sabrosísimo. Yo no se pero en este restaurante todas las carnes que venden son sabrosísimas. La carne azada y también la guisada son sabrosísimas" dice Rey "Yo no se pero cualquiera se pudiera preguntar de donde Paco saca tanta carne para el poder vender la carne que el vende al precio que el la vende. En el país hay veces que se presentan escasez de carne, no obstante a eso, Paco siempre tiene mucha carne y muy barata" Dice gárrulo. "Loco cállate, no vengas con una de tus cosas; no diga mas cállate; yo tengo hambre. No me dañe el apetito con una de tus ocurrencias por favor; no me lo dañe coño" dice el Rey "Esta bien amigo, yo no quiero dañarte el apetito yo solo quería hacer un comentario. Mientras tu come yo me beberé mi fría y me comeré una picadura de queso con aceitunas gigantes rellenas de pimientos rojos. Yo no tengo hambre." Dice Gárrulo. El tiempo pasa y los dos amigos comparten en el restaurante de Paco.Gárrulo sigue con sus ocurrencias hasta que el tiempo de partida llega cuando Gárrulo dice "Yo me tomé mis frías. El mozo destapo las botellas enfrente de mi como yo se lo pedí" ¿"Gárrulo porque tu le dijiste eso al mozo"? pregunta Rey. ¿"Tu quieres saber? ¿Tu estas seguro que tu quieres saber? ¿Tu estas seguro? Pregunta Garrulo. "Coño Gárrulo no me desespere. Si ombe; yo quiero saber. Si yo no quisiera saber no te hubiera preguntado. Loco no jodas tanto y dime la vaina esa que tu sabes; coño que amargo eres." dice Rey "Bueno Rey tu sabes hay veces que estos comerciantes de restaurantes son un poco inescrupulosos y ponen a uno a beberse la sobra de otro. ¿Cómo lo hacen? Bueno ellos llenan botellas vacías con la sobras que quedan en los vasos" dice Gárrulo. "Coño pero tu si eres fatalista. Tu si eres incomodo. ¿De donde diablo tu sacas todas esas ocurrencias? Coño Gárrulo tu esta pasao. No joda hombre como tu no hay dos. "dice Rey "Tu tiene derecho a decir lo que tu quieras Rey. La verdad de lo que yo digo, esta basada en el hecho de que cuando las cerveza esta pura, la presión que sale de la botella al destaparse es mayor que cuando la cerveza no esta pura. Esto le da la oportunidad a uno de tener confianza de tomársela o no loco. Eso es así de censillo" dice Gárrulo. "Diablo loco tu eres especial. Coño hombre tus ocurrencias no se les ocurren a nadie. Como tu no hay dos." Dice Rey. "Oye no te ofenda, no te ofenda aunque tu no lo quieras oír, tendré que decirte que yo solo me comí mi aceitunas con queso, porque este hombre no me inspira confianza con su carne barata y sabrosa. Últimamente se están desapareciendo muchos perros, gatos y burros sin que nadie todavía pueda explicar sus desapariciones. Además que alguien dijo que este hombre usas las lombrices de tierra molida como salsa para hacer sus famosos guisados. Pero lo peor del caso es que si tú tienes el chance de ver al cocinero, ahí es donde la chiva pare. Mira ese cocinero tiene una boquilla o boquera como tu quiera llamarla, que cuando el abre la boca para reírse o hablar tu puede ver como le sale sangre de la parte blanca formada por la boquilla. Pero lo peor del caso es que el maldito cocinero ese fuma pipa o cachimbo como decimos aquí al mismo tiempo que cocina. Lo malo del caso es que cada ves que el se saca el cachimbo de la boca, el tiene que escupir una saliva oscura y muy viscosa. Ese asqueroso escupen en el piso; si ombe en el mismo piso donde el pone los plátanos y la yuca que las gentes se comen con su famoso chivo guisados" Tan pronto el Gárrulo dice eso Rey alza su cabeza mirando al Gárrulo con los ojos totalmente abiertos como queriendo gritar; como queriendo llegar hasta el Gárrulo y serrarle la boca; como queriendo irse del lugar. En si Rey se encuentra en un estado de incomodidad tan grande que no lo deja tomar una decisión acerca de nada. Pero no obstante a eso el Gárrulo continuo diciendo "Mira Rey. Ese buen desgraciado llena de saliva todo el entorno de la cocina. Asoma la cabeza por la puerta de la cocina y te darás cuenta de lo que digo. ¿Ahora tu me vas a decir que un poco de esa saliva no cae dentro del caldero mezclándose con la carne sabrosa esa que tu te comiste?" "Coño no joda, coño cállate, cállate. Hay Dios mío que mal me siento. Cállate Gárrulo no joda tú. Loco ya deja esa maldita vaina que tengo ganas de vomitar por tu culpa." dice Rey. Pero sin poder prevenirlo, Rey comienza a vomitar hasta el último pedazo de carne que se comió en el restaurante de Paco. Luego que a Rey se le mejorar su crisis estomacal, este dice "coño loco ¿tu sabes que?, si yo no te conociera, tu y yo desde este momento seriamos los peores enemigos. Pero después de todo, tengo que decirte que tengo ganas de arrancarte la cabeza. Pero no lo hago porque yo se que tu eres una buena persona. Aunque tengo que reconocer que para yo poder llegar a saber que tu ere una buena persona, yo tuve que aprender a tratarte y entenderte muy bien. ¿Sabe que? Yo creo que tú en cierto modo tienes un punto valido en lo que tú dices.

Lo único que yo no soy tan fatalista como tu." Dice Rey. "Ja, ja, ja, no relaje hombre. ¿Fatalista yo? No relaje. De lo que tú puedes estar seguro es que yo siempre estaré listo para impedir que se me venda gato por liebre. Porque aunque no me guste que maten a las liebres, yo no como gato" Dice Garrulo. Luego los dos amigos se marchan del lugar cada uno dirigiéndose hacia sus respectivos hogares.

Por otro lado en la casa de Pedro se encuentra Juana la madre de Pedro la cual ha llegado de los Estados Unidos con una mala noticia. El marido de Juana y padre de Pedro ha sido asesinado en un supuesto asalto a mano armada ocurrido en una calle de Nueva York. Pedro todavía no sabe lo ocurrido. En su casa se encuentran los familiares del difunto y algunos amigos de la familia. Al caer la tarde, Pedro retorna a su casa procedente de la universidad donde el trabaja como profesor. Al llegar Pedro a su casa y encontrar tal jolgorio, el pregunta ¿"Madre que a pasado? ¿Por qué tu lloras?". Juana se lanza hacia los brazos de Pedro quien acoge a su madre con ternura preguntando ¿"pero mami dime que pasó, dime"? "Tu padre hijo; unos desalmados mataron a tu padre para robarle"dice Juana. "yo se lo dije a papi que dejara ese jodio negocio y que viniera a vivir de nuevo en su país. Yo se lo dije muchas veces y el no me quiso hacer caso." Dice Pedro sin mostrar ningún síntoma de llanto. Luego una hermana de Juana conduce a Juana hacia una de las alcobas donde se encuentran parte de los familiares más cercanos del difunto.

Tres días más tarde el cadáver del esposo de Juana es traído al país desde los Estados Unidos y luego es velado en una de las mejores funerarias del pueblo. Todos los conocidos y amigo de la familia se presentaron en la funeraria para darle el último adiós al difunto. En ese grupo de gentes se encuentra Gárrulo quien es amigo de un compañero de trabajo de Pedro. "Oye la gente sale de su país en busca de nuevas cosas y mejor futuro para su familia sin tener en mente como la muerte lo estará rondando desde el mismo día de su llegada." Dice el amigo. ¿"Pero tu sabes que tipo de negocio tenia el papa de tu amigo Pedro en los estados unidos?" pregunta Gárrulo. "Yo lo único que se es que el vendía carros en Nueva York." Responde el amigo. ¿"El vendía carros, carros? Huuuuy aquí hay algo que no me suena muy bien.; no, no no, nadita de bien. Yo tengo conocimiento de que el y su hermano vendedor de agua, se llevan muy bien" dice Gárrulo. ¿"Cual hermano? El tiene muchos hermanos." Pregunta el amigo. "El que vende agua. ¿Tu no lo conoces? que raro" dice Gárrulo "Oh si; el vendedor de agua; ellos se llevan muy bien. ¿Y que pasa con eso?"Pregunta el amigo "Yo tengo entendido que si ellos se llevaban tan bien, y el vendía carros como se dice, su hermano no hubiese tenido problemas con Julio el vendedor de carros. Tu sabias que hacen cuatro meses que Julio le fió tres porquerías de camionetas extremadamente caras para el vender su agua ¡y porque precio! Yo creo que si el estuviera vendiendo carros como se dice, el le hubiese conseguido esas camionetas a su hermano. ¿Tú no crees? " Dice Gárrulo. "Mira Gárrulo las cosas son como son, y no como deberían de ser" dice el amigo. "No se pero aquí hay algo que yo no entiendo. Este hombre nunca me dio la impresión de que el pudiera ser un vendedor de carros. Además Juana ni Pedro nunca quisieron decir que trabajo hacia el difunto en Nueva York. Lo único que se decía y se sigue diciendo es que el vivía de los negocios y que tenia negocios. Ahora que lo mataron es que se viene a decir que el vendía carros. Mira yo creo eso si yo quiero, y como ya tu puedes ver, no es que yo no quiero creerlo, sino mas bien que no puedo entenderlo. Yo tengo por costumbre de nunca creer lo que se me dice si yo no puedo entender lo que se me dice" dice Gárrulo. "No jodas tu coño; ¿ahora tu estas insinuando que el estaba haciendo negocios sucios?" pregunta el amigo "Yo no he dicho eso. Eso lo estas diciendo tu. Lo que si te puedo decir es que de la misma manera que yo no puedo asegurar que el hacia lo que se dice que el hacia, de esa misma manera yo no puedo decir que el no estuviera haciendo algo impropio o sucio como tu dices. ¿Tú me entiende? ¿Me entendiste?" dice Gárrulo. El amigo solo mueve la cabeza en señal de desacuerdo por lo dicho por el Gárrulo. El segundo día de velatorio el cadáver es conducido al cementerio principal del pueblo donde es enterrado. Después del entierro, todo el pueblo se queda muy consternado por la muerte del marido de Juana. Las gentes murmuran por todas las calles acerca de cómo los dominicanos que salen del país en busca de mejor futuro para su familia, después de trabajar tan duro como trabajó el marido de Juana, al final le quitan la vida de esa forma.

Dos semanas más tarde, Juana es contactada por un abogado quien se identifica como el abogado que siempre representó al difunto en la ciudad de Nueva York. Este encuentro es para poder transferir los vienes dejados por el difunto. En realidad la transferencia de bienes ya ha sido completada y todos los bienes adquiridos por el difunto han sidos transferidos a Juana y Pedro. Pero para que todo este finalmente completado de manera definitiva, Juana tiene que viajar a los Estados Unidos en los próximos diez días para firmar todos los documentos pertinentes. Por tal motivo, el lunes siguiente Juana decide viajar a Nueva York a firmar dichos documentos. Pero para que el poder de la firma de dicho papeles tenga su efecto ella tiene que quedarse por un mes en la ciudad de Nueva York en espera de la decisión de la corte... Pedro por el contrario se queda en el país porque en esa misma semana comienzan los exámenes de su último semestre de una tercera carrera que él está estudiando al tiempo que ejerce su profesión como abogado.

Durante la semana que Juana se marcha para los Estados Unidos, todo comienza a marchar muy bien para Pedro en la universidad. Pedro aprueba todas sus clases sin ningún problema. Pero lo más chocante para la familia del difunto, es que Pedro no muestra ningún tipo de nostalgia por la perdida de su padre. La vida de Pedro continúa sin ningún tipo de amargura o insatisfacción. Pedro tiene un carácter extremadamente calculador y muy desconectado del sentimiento o dolor ajeno. En algunas ocasiones algunos de los amigos mas cercanos a el lo murmuran al decir que Pedro algunas veces como que presenta un tipo de estoicismo insano; donde el dolor y pena de su familia por la muerte de su padre es inexistente en el. Pero mas aun, los amigos de Pedro dicen que pareciera como si Pedro formara parte de una escuela donde se practica un epicureismo insano, donde el vicio se esconde detrás del amor de forma invisible, y de manera subliminal creándole un sentido opuesto a aquellas cosa genuinas que salen del alma para no tan solo darle sentido y continuidad a la vida, sino también para nutrir la.

Un día por la mañana Pedro se encuentra en la ducha dándose un baño con agua tibia. Después de que Pedro termina de darse su ducha y luego vestirse, abre el refrigerador y toma una manzana dándole un mordisco. Luego se disponerse a salir de la casa masticando su mordico de manzana. Al llegar a la puerta, de repente suena el teléfono. Pedro se devuelve y toma el teléfono. "Halo, ¿quien habla? Si el habla ¡OH no!, ¿Qué? ¿Como fue eso? Okay allí estaré" dice Pedro al tiempo que mastica su Manzana y con los ojos bien abiertos termina rápidamente de masticar y luego le da otro mordico a dicha manzana mostrando un apresurado movimiento de cuello se traga lo ya masticado...Esto sucede con Pedro porque el abogado del padre de Pedro le acaba de informar que Juana fue asesina por unos individuos que querían robarle. Pedro luego coloca el resto de manzana sobre la mesa y comienza a llamar a parte de la familia para informarles de la nueva tragedia en la familia en menos de dos meses. Pedro se encuentra un poco confundido pero sin mostrar el mínimo signo de dolor por la muerte de su madre. Luego que los familiares se enteran del caso, corren hasta la casa de Pedro. Ese mismo día por la noche todos los familiares ya se encuentran en la casa y muy consternados. Pero ese mismo día por la tarde los familiares que viven en el mismo pueblo se disponen a arreglar la casa para cuando llegue el resto de la familia. Todos los allí presentes miran a Pedro con mucha pena. El comentario de algunas personas acerca de Pedro es que el siempre ha sido un chico muy tranquilo y tímido. Gentes de muy lejos llegan a saber lo que paso y a darle el último adiós a Juana. Lo que si todos los allí presentes comentan es acerca de la mala suerte que esa familia tan trabajadora a tenido. Todos comentan lo amigable y seria que Juana siempre fue. El dolor es general.

Dos días después de la noticia el cadáver de Juana es traído de los Estados Unidos y puesto en capilla ardiente en la misma funeraria que fue velado su esposo. La funeraria se encuentra repleta de gentes. Tanto los familiares de Juana como los familiares de Juan están todos presentes. Esto es sin contar los amigos de ambos más los amigos de Pedro. De repente el amigo de Pedro que estuvo junto a Gárrulo durante el velorio del padre de Pedro llega a la funeraria a darle el último adiós a Juana. Pero en ese mismo momento llega Gárrulo y coincidencialmente se sienta junto al amigo de Pedro justo en la misma silla que el estuvo sentado durante el velorio del esposo de la difunta. ¿"Que tu crees de todo esto"? le pregunta Gárrulo al amigo de Pedro. "No me venga otra ves con tu vaina hombre. Yo no quiero coño que nadie me venga con pende-jadas en este momento. Estas son gentes buenas carajo. ¿Tu no te das cuenta que son gentes buenas? Por lo menos ten compasión por Pedro y el dolor que embarga a toda la familia. Para tus insinuaciones malsanas. Estas son gentes buenas." Dice el amigo de Pedro. "Oye esta bien no te alarme. Yo solo te pregunté ¿Qué tu crees de todo esto? para ver que tú tienes que decir acerca de lo ocurrido. Pero ya veo lo que tú tienes que decir al respecto. Yo nunca dije ni diré que estas son gentes malas. Lo único que yo quería decirte era que resulta muy extraño que mataran a Juana de esta forma y en este preciso momento. Para mi esto parece ser una rara y gran coincidencia o un ajuste de cuenta." Dice Gárrulo. Cuando Gárrulo termina de decir tal cosa el amigo de Pedro no puede detener su gran emoción y se para de la silla diciendo en alta voz "Coño Gárrulo déjate de tu maldita vaina. ¿Que diablo tú quiere? Deja esta familia en paz. ¿Tu no ves que esta familia esta pasando por un mal momento?; no jodas tanto coño." Todos los allí presente miran hacia donde se encuentra Gárrulo sin entender lo que esta ocurriendo. Gárrulo sale de la funeraria y se aleja del lugar sin que sucediera ningún tipo de incidente violento. El próximo día el cadáver de Juana es sepultado junto a la sepultura de su difunto esposo. Todos los familiares retornan a sus hogares el mismo día después del entierro. Nadie quiso quedarse con Pedro porque este no muestra ni mostró interés alguno porque estos se queden más tiempo en la casa. Todo transcurrió sin ningún tipo de contratiempo

Tres meses después del asesinato de Juana, Pedro adquiere todos lo bienes dejado por sus padres sin tener que firmar nada porque ya todo estaba arreglado de ante manos... Pero mucho menos Pedro tuvo que viajar a los Estado Unidos. Todo fue arreglado por Juana a través del abogado dejado por el difunto. Pedro heredó la cantidad de tres millones de dólares. Pero para sorpresa de todos los familiares, Pedro se queda con todo el dinero y rehúsa darle un solo centavo a algún miembro de la familia. Pero mucho meno algún miembro de la familia se molesta por mostrarle interés por tal cosa. La mayoría de los allegados a Pedro le tienen un gran aprecio y mucha pena por este perder a sus padres de tal manera y en tan poco tiempo.

Por otro lado, unos años han pasado después del asesinato de Mon. Tiempo este utilizado por Tito para estudiar y poder convertirse en uno de los mejores criminalistas del país. Tito actualmente trabajas para el gobierno pero también tiene su propia oficina privada donde el brinda sus servicios investigativos y jurídicos a cualquier interesado. Pero por el otro lado, Pedro ya es un experimentado abogado y diferente ha Tito, el a tenido la oportunidad de poder crear una de las mas poderosas firmas privadas de abogados que se pudieran encontrar en el país. Pedro pudo crear dicha firma de abogado con los recursos económicos que el heredó de sus padres. Por ese motivo Tito y Pedro algunas veces tienen que unir esfuerzas para resolver problemas de tipo de crímenes violentos que ocurren en la comunidad. Una tarde después que la mayoría de las oficinas gubernamentales comienzan a serrar, Tito se encuentra con Pedro al salir del palacio de justicia. Pedro es el que primero saluda diciendo ¿"como esta doctor"? "Hola doctor yo estoy muy bien ¿y usted como esta? Responde Tito. Después que los dos hombres se saludan ellos se disponen a caminar hasta donde cada uno de ellos tiene su carro estacionado. Tito sale del estacionamiento primero que Pedro el que luego toma dirección opuesta a la que toma Tito. Tito llega a su casa encontrando que uno de los mejores locutores del país el cual es hermano de su esposa July se encuentra escuchando música en el patio de la casa con el Gárrulo. "Hola cuñado ¿como esta? Cuanto tiempo que no venia por aquí" dice Tito. "Usted sabes cuñado el trabajo detiene a uno hasta de visitar a la familia. Cuñado le presento un amigo y compañero de trabajo" dice Rey. "Mucho gusto Tito para servirle"dice Tito. "El gusto es mío Carmelo Soné para servirle. No se pero la gente me conoce como Gárrulo" dice Gárrulo. "Oh Gárrulo; si yo tengo conocimiento del nombre Gárrulo. Las gentes lo escuchan mucho por su programa radial. Mucho gusto conocerle. Es un poco chistoso ese nombre." Dice Tito. "Usted sabe hay que dejar a las gentes que se expreses como a ellos les gustes. Yo dejo que me llamen como todo el mundo quiera. Yo se que mi nombre es Carmelo Soñé. Pero si alguien quiere ejercer su derecho a la libre expresión con mi nombre, yo no tengo problema con eso. Yo dejo que lo haga. A mi no me molesta eso. Por el contrario me halaga porque se que me están tomando en cuenta." Dice Gárrulo. "Pero cuñado tómese un traguito" dice Rey. Tito acepta tomarse un trago y decide acompañar a los dos amigos. Pero de repente el Gárrulo dice "doctor usted como abogado investigador y conocedor de cierto comportamiento dudoso ¿que usted cree de Pedro como abogado"? "Bueno yo creo que el es una persona respetable y muy capacitado profesionalmente. El completó una licenciatura en los Estados Unidos y luego completó su doctorado en leyes dominicanas" dice Tito. "yo no pongo en duda nada de lo que usted ha dicho. Pero yo tengo mis reservas acerca de la integridad de este chico como persona honesta. En nuestro país existen muchas personas que disfrutan de un apoyo popular inmenso. Pero cuando usted investiga a profundidad el historial de esas personas usted descubre muchas cosas feas y hasta repugnantes de esa personas" Dice el Gárrulo. "Pero que ¿usted sabes algo del doctor?" pregunta Tito. "Yo se lo mismo que todo el mudo sabes. Lo único que quizás yo soy el único que me intereso y me atrevo de hablar de eso. A mi no me gustó la forma como este chico enfrentó la muerte de sus padres. El es un chico muy narcisista, frío, calculador, y muy desconectado del sentimiento o dolor ajeno. Aparte de que yo tengo mis reservas acerca de la muerte de sus padres. Yo creo que esas muertes fueron el resultado de un ajuste de cuenta. Nadie en el pueblo ha podido comprobar que el padre de Pedro vendía carros como se dice. Nadie ha podido comprobarlo porque a nadie le interesa saberlo. Fue muy coincidencial el hecho de que tan pronto la madre de Pedro se presentó en el lugar donde mataron a su marido, la mataran a ella también de la misma forma. Si en realidad a ese señor los asaltaron ladrones comunes, esos lodrones no podían tener ningún interés en matar a Juana en el mismo lugar y de la misma forma ¿Qué le robaron a Juana, que? ¿Sabes que? No le robaron nada. Ahora ¿porque a ella no le robaron nada? Bueno la repuesta es muy fácil. Porque ha ella no la mataron para robarle. Yo no soy criminólogo. Pero el sentido común me dice que coincidencias como esta no andan pasando. Esto esta muy raro, muy raro. Díganme que le robaron y sino le robaron porque no le robaron. Dígame usted para yo entonces arrepentirme y pedir excusa por lo dicho y luego quedarme cayado. El reporte de la policía indica que no hubo robo pero mucho menos sospechosos. Otra cosa que no se dice es que el padre de Pedro tenias muchos amigos con un gran historial criminal en la ciudad de Nueva York. " Dice Gárrulo. Tito se toma un trago de vino sin dejar de mirar al Gárrulo con un gran entusiasmo por seguir escuchándolo hablar. El Gárrulo se comporta como una maquina de palabras. Pero Tito le pregunta ¿"porque tu crees que a ella la mataron?" "Bueno yo creo que esto mas que mandar un mensaje fue un ajuste de cuenta.

Eso solo es mi humilde opinión" sigue diciendo Gárrulo. "Pero cambiando un poco el tema doctor, asimismo hay una joven que después de ser monja ahora se convierte en jueza. Esa chica siempre fue una privilegiada y presumida cuando era estudiante de secundaria. Hasta se le vinculó en el uso y abuso de drogas ilegales cuando era estudiante. Yo quisiera saber si ella en realidad dejó esos malos hábitos. Yo creo y corríjame si estoy diciendo algo incorrecto que para usted ser juez, usted debería tener un carácter y un perfil personal impecable, y como ciudadano creo que alguien que haya sido drogadicto y perverso primero debería de limpiarse y aclarar su problema personales públicamente antes de ocupar tan importante cargo publico como lo es ser juez. Esa chica no era fácil. Ella se escapaba por las noches y se iba con sus amigos hacer lo que hasta ahora nadie sabe que. Luego retornaba temprano por la mañana antes del amanecer sin que sus padres se dieran cuenta. Pero lo mas grave es que cuando sus padres solían darse cuenta, ellos tapaban el sol con un dedo a través del soborno" Dice el Gárrulo. ¿"Pero como usted se ha podido dar cuenta de todo eso? ¿Usted tiene pruebas de todo lo que usted esta diciendo? Además esto no prueba que ella usaba drogas como usted dice" pregunta Tito. "Fíjese doctor yo no fui mucho a la escuela. Pero yo leo lo suficiente como para yo poder ser quien yo soy hoy. Además tengo que decirle que yo dure siendo mensajero del colegio donde estudio esta mujer por mas de quince años. Todo lo que ha podido suceder en ese colegio, yo lo se. Pero también tengo que decirle que el trabajo de locutor pudiera ser aburrido si el locutor no tiene nada que ofrecerle ha su publico. Yo creo que este no es el caso mío porque de la misma manera que yo le ofrezco orientación ha mi publico, mi publico me suple informaciones a mi. Pero si usted quiere pruebas mucho mas materiales, usted solo tienes que ir al colegio don esta chica estudiaba o ha la universidad donde ella se graduó. Los record están ahí. El asunto es que nadéis se interesa en saber estas cosas. ¿Mire doctor usted sabe de que la mayoría de las gentes se interesan en saber? L a mayoría de las gentes se interesan en saber lo que hacen pobres para luego estamparlos como a los hijos de Lolo quien es un pobre diablo que no tiene con que comer ni darle de comer a sus hijos. Lolo tiene dos hijos los cuales se encuentran en la mirilla pública porque a ellos se les acusan de ser ladrones. Lo malo del caso es que esas acusaciones comenzaron después que Lolito fue acusado de robarse un perro y a Lalita se le acusa de ser prostituta. Esos jóvenes han sufrido hambre desde muy pequeños. Porque al morir su madre ellos tuvieron que quedarse con su padre el cual nunca ha tenido recursos para poder vivir dignamente." Continúa diciendo el Gárrulo. Tito nota como el Gárrulo habla sin parar. Pero no obstante a lo mucho que habla el Gárrulo Tito siempre encuentra lo dicho por este hombre con un gran valor informativo en cualquier momento de juicio o en relación a cualquier investigación. Por esa razón Tito dice "Oye Carmelo o Gárrulo ¿que tu crees acerca de la muerte de Mon"? "Mon, ¿que Mon? Yo no conozco a nadie con ese nombre." Dice Gárrulo. "Coño Gárrulo ¿como tu no te recuerda de Mon el psicólogo que mataron en el malecón?" dice Rey. ¡"Oh Mon! Si, si ombe Mon; y como yo no boy a saber quien era Mon. Fíjate cuando mataron a Mon yo fui la única persona que llego a la conclusión de que quien mato a Mon lo hizo por puro sadismo y para robarle. Tú sabes el sadismo aquel que desarrollan los drogadictos cuando necesitan su droga. Por esa razón yo creo que quien lo hizo tuvo que ser uno de esos jovencitos adictos a las drogas para robarle y usar el dinero para comprar su veneno. Yo digo eso por que en el momento que mataron a Mon, los únicos que les gustaban usar el tipo de pañuelo que fue encontrado junto al cadáver de Mon, eran esos jovencitos comprometidos con el uso y abuso de drogas. Yo siempre tuve la impresión de que Mon pudo tener problemas de carácter en algún momento de su vida. Yo soy de los que creen que muchas de las personas que estudian psicología como lo hizo Mon, lo hacen porque ellos mismos tienen problemas psicológicos los cuales ellos pudieran esconder o mitigar obteniendo el titulo de psicólogo. Mon era una persona muy excéntrica y poco sociable. Las pocas personas que conocieron a Mon sabían que cuando Mon salía de la cárcel donde el trabajaba, el no se comunicaba o se asociaba con nadie. Mon no tenia la capacidad de siquiera poder conquistar a una mujer, aunque paradójicamente como psicólogo el hacia un buen trabajo en la cárcel como consejero." Responde Gárrulo. Cuando Gárrulo dice esto, Tito se para de su silla con una sonrisa pensando que el acaba de darse cuenta de que Gárrulo habla como una maquina. Pero que un buen escuchador pudiera sentarse a oír lo que el tiene que decir y colectar informaciones de mucha importancia. Tito también notas que todo lo que el Gárrulo ha estado diciendo acerca de Mon en cierto modo es cierto. Tito piensa que el Gárrulo pudo explicar el perfil psicológico de Mon de una forma majestuosa y muy pormenorizada lo que compromete a Tito a querer seguir entrevistándose con Gárrulo mas adelante y por eso dice "esta conversación esta muy interesante. Espero que nos juntemos nuevamente en ara de compartir y así poder seguir intercambiando impresiones" Ese comentario conmueve al Gárrulo de tal forma que el se para de la silla y le da un abrazo a Tito al tiempo que dice "gracias amigo; esta es la primera vez que alguien fuera de mis oyentes radiales me dice en persona que se siente alagado de hablar conmigo. Esta es la única vez que no soy personalmente rechazado por alguien con quien converso y que me acaba de conocer. Es un honor para mí que usted diga eso de mi persona. Cuente con un nuevo amigo" dice Gárrulo.

Después que los tres hombres terminan de compartir, Rey y el Gárrulo se marchan de la casa de Tito rumbo ha sus respectivas casas. El Gárrulo se encuentra un poco ebrio por las tantas copas de ron que el ha consumido. Por esa razón el apetito de hablar se incrementa pero en esta ocasión con un acento un poco estropajoso por este encontrarse borracho. Luego que el Gárrulo llega a su casa lo primero que dice es "Ti,tito cr,cr,cree que yo no se po,porque el me esta,taba haciendo ta,tantas preguntas coño. El no sa,sabes qu,que yo se mas qu,que eso coño. El no ssa,sabes que el se esta nu,nutriendo de lo que yo pu,pueda decir pa,para el entonces adquirir in,informaciones que qui,quisas el no tenga.Ti,tito es un bu,buen pendejo coño. Si,si el cree qu,que yo no se porque el me,me estaba haciendo ta,tantas preguntas. El cree qu,que yo no se qu,que el era el mejor amigo de,del pendejo ese de Mon.. Yo si,siempre pensé qu,que Mon era un buen péndejo. El no te, tenia los co, cojones que un hombre ne, necesita tener pa, para poder enamorar una mujer. Pe,pero Ti,tito no sabes que yo eso lo se." El Gárrulo habla y habla hasta que se queda dormido.

El día siguiente el Gárrulo se levanta bien temprano en la mañana escuchando la noticia de la mañana. De repente Gárrulos se detiene con gran atención al escuchar que Ruth Cartel ha sido nombrada como jueza de unas de las principales cortes criminales del país. "Oye eso. Cualquiera que la ves y no la conoce como yo la conozco pudiera pensar que ella es una buena persona. Esa mujer no me inspira nada de confianza. Te conozco bacalao aunque vengas disfrazado. Esa tipa siempre fue una privilegiada y niña de mama y papa haciendo cuantas diabluras le llegaban a la cabeza. Pero lo peor del caso es que todo lo que esa tipa pudo hacer, sus padres se lo consentían sin importarles si lo que ella hiciera fuera malo o perjudicial para la vida de ella o de otros. Ella usó, y quien sabes si quizás sigue usando drogas, formaba parte de una ganga de jóvenes de clase alta. Pero lo peor de todo es que con todo el dinero que tienen sus padres, esa bandida hasta asaltaba gentes por placer y para comprar drogas. Coño pero lo que mas me mortificas es que ninguno de los incautos que hoy vanaglorian ha esa delincuente, saben todas las barbaridades que esta hoy mal llamada gran señora pudo cometer. Pero yo sí lo sé. Sabrá Dios cuantas otras diabluras diferentes a las que yo conozco esa tipa pudiera estar escondiendo." Dice Gárrulo. Este mismo día el Gárrulo tiene que dar una pequeña charla en una de las escuelas públicas del pueblo. Por esa razón el Gárrulo termina con mucha rapidez lo que esta haciendo para no presentarse ante los chicos después de la hora indicada. Gárrulo llega a la escuela donde una gran multitud de jóvenes lo espera ansioso de oír lo que el tiene que decir. Uno de los maestros organizadores trae un vaso de agua y después que lo coloca sobre el podium, procede a presentar a Gárrulo ante todos los estudiantes presentes.

Gárrulo dice "Buena tardes a todos. Espero que mi presencia en este hermoso lugar repleto de personas hermosas y muy prometedoras, sirva para bien. Es un honor para mí el poder ser invitado por ustedes a su casa de estudio. Yo vengo de una cultura familial enclavada en una comunidad donde el concepto escuela no era más que algo con característica más ficticia que real. Mi madre murió cuando yo era muy pequeño y mi padre nuca fue a la escuela. La vida de mi comunidad estuvo fundamentalmente basa en darle aflecho a los puercos y luego tener que echarle agua en el espinazo para que no mueran de calor. La siembra de plátanos, yacas y maíz obligaba tanto a los niños, a los jóvenes y también a los viejos a no tener otra opción de vida porque ser estas las únicas fuentes de vida en dicha comunidad. Esto comprometió a mi padre y a muchos como el, en no interesarse en que yo fuera a la escuela. De igual manera mi padre no pudo ir a la escuela. Mi padre quiso siempre que yo fuese un agricultor como el. Apenas yo pude completar la escuela intermedia. Pero eso no me detuvo en nada en yo poder aprender cosas que hoy en día muchos de los que han podido terminar sus estudios universitarios adquiriendo sus respectivas carreras quizás ignoran. Ahora bien ¿cómo yo pude aprender estas cosas? En realidad yo pude aprender todo lo que hoy se, a través de la lectura. Esto me ha permitido crear una personalidad diferente y autentica con la capacidad de decir las cosas como ellas son y no como alguien quisiera que ellas fuesen. Yo no uso; nunca e usado; pero mucho menos usare nunca drogas ilegales y dañinas para la salud nuestra y de nuestra sociedad...Yo pienso y siempre pensaré que las drogas ilegales siempre serán mala para el desenvolvimiento neuronal del ser humano; pero más aun para el desenvolvimiento funcional del ser humano en la sociedad. Pero también pienso que peor todavía seria el traficar con drogas o vendérsela a nuestra juventud. Pero déjenme decirle que ser superior, es poder y tener la responsabilidad y capacidad de decir la verdad de en todos los terrenos, aunque dicha verdad pudiera ser creíble para unos, y no creíble para otros. De esa manera uno no tan solo conoce a sus amigos y enemigos, sino también a los equivocados. Cuando una persona aprende algo, ese aprendizaje lo convierte en inteligencia. Pero lo más importante de dicho aprendizaje es que la inteligencia adquirida, es lo que nos diferencia de todos aquellos que no aprenden nada. Pero es importante señalar que dicho aprendizaje no tiene que ser necesariamente adquirida únicamente en las universidades. Hay muchas maneras de aprender cosas importares en la vida a través de una buena disciplina personal como también una buena dedicación a la lectura. Hoy en día ustedes tienen la ventaja que yo no tuve. El país tiene escuelas por todos los lados. Por el contrario, la escuela más cerca que yo tuve cuando yo tenía la edad de ustedes, estaba ubicada a 28 kilómetros de mi casa. Pero lo peor era que no havia transportación o caminos vecinales para poder llegar a ella. Solo en burro o a caballo se podían cruzar las lomas y ríos que se interponían en el camino. De todos los miembros de la comunidad donde yo vivía, solo una persona la cual era mis vecinas fue a la escuela superior y pudo estudiar y luego obtener un titulo universitario. Eso pudo suceder con ella por ella tener una determinación de querer superar la forma de vida a la que ella estuvo acostumbrada. Eso es sin antes decir que ella vivía en una sociedad que en tal tiempo comprometía a la juventud a practicar el respeto sano a las cosas que se consideraban importantes. En este caso, tenerle respeto a los mayores, a los maestros, a las escuelas y ser respetuoso con uno y otros. Hoy en día, tanto ella como yo, nos encontramos en el mismo peldaño intelectual porque ambos utilizamos la misma determinación personal para poder ser persona superiores intelectualmente y de bien para la sociedad. Pero también nos encontramos un poco preocupando por el comportamiento de muchos de nuestros jóvenes. Hoy diferente a ayer, el deterioro moral, y la perdida de valores ha comprometido a muchas autoridades, a exhibir un tipo de Daltonismo o ceguera moral ante lo mal hecho. Pero mas que eso las autoridades de algún modo le niega el derecho que tienen los padres de tener control sobre los hijos en el núcleo familiar. Habiendo dicho eso, tengo la necesidad de decirle que hoy yo los veo a ustedes en un estado de competencia permanente. Pero lo peor de todo esto es que ustedes no se dan cuenta que cada uno de ustedes se encuentra en competencia con su propio yo o mejor dicho compitiendo consigo mismo. Hay momentos en que el peor enemigo de uno, es uno mismo. Dependiendo del grado de disciplina que cada uno de ustedes pudiera tener para su propio desarrollo integral como persona, es que ustedes pudieran llegar a entender lo que les digo. Lo que yo si puedo asegurarle es que si ustedes siguen este consejo, ustedes pudieran llegar a ser personas superiores. De no ser así, algunos de ustedes se quedarían como peones del sistema con el rango social de personas mediocres, incautas y fáciles de engañar o manipular. Es importante que ustedes sepan que en cualquier sistema que se tenga que competir para poder vivir, las personas superiores, viven, vivieron y siempre vivirán a expensa de las personas mediocres. Aprovechen lo que el sistema les ofrece porque en el caso de ustedes el cual es totalmente diferente al mío por yo pertenecer a otra época, el sistema actual les esta ofreciendo las herramientas que se necesitan para poder ser superior. Quiero que ustedes entiendan que muchos jóvenes como lo fui yo en mi era y como hoy los son jóvenes de otras partes del mundo donde la pobreza es mucho mas rampante que la nuestra, esos jóvenes no tienen ni tuvieron la oportunidad de conseguir lo poco que ustedes consiguen. Más sin embargo, a través de la disciplina personal de la cual ya le hablé, ustedes pueden ver como estos jóvenes llegan a ser personajes superiores. Lo bueno de todo esto es que con todas estas precariedades, muchos de estos jóvenes no dejan que la negatividad y el miedo lo detengan. A través de una buena disciplina personal y dedicación a los estudios y particularmente a la lectura, ellos triunfan al conseguir lo que se proponen. Ustedes tienen escuelas con techo dotado de maestros, y en muchas de las veces dotadas de algunas computadoras y libros. Si ustedes les dan un uso serio y responsable a esos materiales didácticos, yo pienso y creo que ustedes pudieran llegar a ser seres humanos superiores. Todas las épocas tienen sus modas, sus costumbres, sus necesidades. La época cuando yo era como usted, la sociedad me obligaba a que yo tuviera que ser responsable por mis actos. Ejemplo de estos que les digo es que en mi época cuando un joven de la edad de ustedes se comprometía a tener sexo a destiempo, el sistema los sancionaba moralmente aunque en realidad el froto de dicho acto sexual (la criatura) quedara desprotegida. Porque aunque ese joven sea tildado como el responsable de sus actos sin que el sistema lo remunere por el mismo, este no protegía la criatura por no tener recursos. En algunas ocasiones, este joven tomaba responsabilidad por sus hechos o no era sancionado moralmente por la sociedad. Hoy en día nuestra sociedad esta experimentando el hacho de que un segmento de la comunidad de sus jóvenes, vive una vida totalmente parasitaria. Nuestra sociedad actual ha creado la mal llamada beneficencia pública, la cual es responsable de pagar por muchas de las aberraciones y los actos irresponsables de muchos de nuestros jóvenes. Pero lo peor del caso es que todas estas cosas han sido aprendidas por estos jóvenes de los mismos adultos que los crearon. El grado de mediocridad de estos adultos es tan grande, que cuando a mucho de estos jóvenes se les ofrecen una oportunidad para aprender algo útil, ellos prefieren quedarse en sus casas mirando la tele sin que nadie les ofrezca una orientación al respecto. Esas son partes de las cosas que crean seres mediocres. Eso es parte de lo que la juventud de hoy tiene que superar. Traten de que ustedes no se comprometan con este tipo de haraganería y mal hábito. Cuando ustedes se dispongan a aprender algo, traten de terminar el aprendizaje completando el entrenamiento; pero apréndanlo con el fin de asegurar un futuro mejor y no para satisfacer un presente vacío y precoz... Muchas gracias a todos por escucharme". Todos los presentes se paran de sus sillas dándole un caluroso aplauso al Gárrulo. Al final y después de firmar autógrafos el Gárrulo se marcha de la escuela dirigiéndose asía su casa.

Cuando Gárrulo llega al frente de su casa procedente de la escuela donde el dictó la charla, el nota que el cartero llega con un telegrama. El llega hasta el cartero toma el telegrama y al leerlo se da cuenta que dicho telegrama es para informarle acerca de la muerte de Pancho Soñé; su padre. El padre de Gárrulo estaba muy avanzado de edad. El telegrama dice que el padre del Gárrulo habría muerto de una indigestión. Esto hace que tan pronto Gárrulo terminara de leer el telegrama, entrara a la casa y arreglar unas cuantas cosas y luego disponerse a salir rápidamente para el campo. El viaje desde la casa de Gárrulo hasta el campo es largo y agotador. La vía es peligrosa por su geografía accidentada. Pero más que eso, en algunas ocasiones aparecen atracadores armados con armas de fuego atracando a los automovilistas. A las cinco de la tarde el Gárrulo llega al campo. El cadáver de Pancho el padre de Gárrulo, descansa en una rustica caja hecha de maderas desechadas del almacén que almacena toda la comida que consumen los lugareños. Esta madera es la que es usada en el piso del almacén como sostenedoras de las cajas que contienen los productos alimenticios. Pero cuando Gárrulo se percata de la calidad de dicha caja, el se da cuenta de que su padre merece ser enterrado en una caja mas digna, y rápidamente la cambia por una caja de mejor calidad la cual es comprada en la mejor funeraria del pueblo mas cercano al campito donde vivía don Pancho Soñé... Todos los allí presenten muestran un ambiente de jubilo. Nadie llora con sinceridad o lamenta la muerte de Pancho. El padre de la difunta Pucha y compadre del difunto Pancho, ya es un anciano que apenas puede abrir los ojos para poder percatarse de su entorno. Una parte de los allí presente esta formada por los típicos comedores de alimentos brindados en los mortuorios dominicanos. Estos alimentos están compuestos de te de jengibre, café y galletas de harina de trigo con queso blanco el cual se les brinda a todos los que llegan al mortuorio para darle el ultimo adiós al difunto. La mayoría de las gentes se encuentran en la parte trasera de la casa debajo de unas lonas verde que le fue prestada a los dolientes por el mismo dueño del almacén que le regalo la madera para construir la primera caja donde Gárrulo encontró el cuerpo de su padre

Pancho. Estas lonas son usadas por el dueño del almacén, para cubrir las cargas de mercancías cargadas por los camiones del almacén. De repente Gárrulo sale de la habitación principal donde se encuentra el cadáver de Pancho y se dirige hacia el patio de la casa. Tan pronto Gárrulo llega a la parte trasera de la casa lo primero que nota es como los allí presentes se encuentran jugando dominó, barajas y hasta utilizando el momento para intercambiar sus impresione amorosas y contar los populares "cuentos colorao" dominicanos. En medio de la gran tertulia, Gárrulo puede ver lo feliz y contento que se encuentran los allí presente al tiempo que hacen chistes, historias y donde los llamados cuentos colorao hacen que los allí presentes reaccionen con carcajadas en voz altas. De repente Gárrulo nota que un individuo el cual es conocido en el país como "Pachulin Rey colorao" reconocido por todos por ser uno de los mas versátiles en el campo del "cuentos colorao", toma la palabra en ara de hacer un chiste diciendo lo siguiente "una ves yo estaba parao en la esquina del bar de Cholo mirando mujeres bonita con faldas cortitas y pantalones apretao enseñándolo todo brotao. Los pantaloncito estaban tan cortitos y apretao que parecían hombres quebrao. Lo malo era que yo no sabía como piropearlas pero tampoco sabía como mandarle un mandao. Pero de repente me llegaron a la mente los piropos que el viejo Matia les decía a las mujeres cuando el vivía en la casa de mi tía. Ese loco se ponía tan y tan pero muy pero tan y tan anamorao que solo decía: (mami si como cocinas caminas, coño guárdame el concon pegao. Mami rampampeame y guayame como un coco hasta que me saque una cosa que se llama leche. Hay mami tu con tantas curvas y yo sin freno que me tiene mareao)" Después que Pachulin termina de decir sus chistes, todos los allí presentes se ríen en voz alta. Pero lo que mas impacta a Gárrulo es que después que termina la riza, el tiene que oír como en forma de chiste los allí presente piden que les traigan algo de comer. De la forma que esto sucedes es que uno del grupo pide lo que el grupo quiere, mientras que el resto del grupo solo dice a coro aquí lo esperamos. "El te de jengibre, aquí lo esperamos. El pan camarón, aquí los esperamos. Las galletas tonny, aquí la esperamos. El queso blanco, aquí lo esperamos. El café colao, aquí lo esperamos etc.". Pero lo curioso de todo es que al lado de este grupo de gentes se encuentra otro grupo de gentes compuesto por el rezador y los que les hacen el coro al rezador diciendo "Madre inmaculada, ruega por el. Sagrado corazón, ruega por el. Maria madre de Dios, ruega por el. A lo perfecto alucian den réquiem-canimpas aaamen." Pero cerca del rezador se encuentran dos jóvenes enamorados quienes sus padres se oponen a su noviazgo. Estos jóvenes solo están utilizando el mortuorio de Pancho como una oportunidad para ellos poder tomarse de las manos y estar sentados uno cerca del otro aunque sea por esa noche o hasta que se muera otro miembro de la comunidad. Pero lo más impactante es que en medio de la tertulia se encuentran las lloronas. Estas son mujeres que viajan por todo el lugar buscando un mortuorio para ellas llorarle y luego cobrarle al los doliente por su lloro; no importa si ellas conocieran al muerto o no. Lo que se puede oír cuando una de las lloronas en medio de sus llantos dice "Ahí Pancho tan comelón que tu eras. Ahí Pancho y ahora como podrás comer cuando te pongan siete pies bajo tierra. Ahí Pancho ya no podrás guardar tu pedazo de salchichón debajo de la cama para cuando te despierte por las noches seguir comiendo. Ahí, ahí, ahí Pancho que descanse en paz y que Dios te tome en sus santos senos; hai, hai Pancho hai, hai, hmmmm" Todo esto sucede al tiempo que una mujer que vive con uno de los sobrinos del difunto Pancho aprovecha el momento para escabullirse entre la oscuridad de la noche y los matorrales que rodean el campito y así poder darse unos apretones sexuales con el barbero de la comunidad el que ha estado conquistándola con piropos cada vez que ella pasa por su berbería. Este barbero ha estado enamorando la joven desde el primer día que el sobrino del difunto Pancho la trajo al campo. Garrulo se encuentra parado en uno de los extremos de la parte trasera de la casa desde donde el puede observar todo el escenario al tiempo que murmura "para uno poder sentir y saber que uno esta vivo, uno tiene que saber cuando alguien muere y dependiendo a la clase social de donde uno venga, quizás tener que experimentar cosas como esta. La vida es pura dialéctica. En muchas partes del mudo este sentido de la vida es conocido como el Yen y el Yan. Lo feliz niega lo infeliz como la tristeza niega la alegría del mismo modo que la muerte niega la vida. Las sociedades no necesitarían policías, si no existieran los criminales. La medicina curativa no existiera, si no existieran los enfermos. En el país de los sanos, los curadores se mueren de hambre. Eso me hace pensar en el cuento que hizo el tipo ese que se le llaman Pachulin; de que un hombre viajó a los Estados Unidos porque el gobierno americano le otorgo una visa humanitaria después que un desastre natural destruyó parte de su país incluyendo su casa. Pero después que este hombre consigue su visa tras esta tragedia, ahora algunos de los amigos y familiares de este hombre quisieran que sucediera otro desastre natural en su país que le destruyera sus casas y parte del país para ellos poder conseguir una visa y así poder viajar también a los Estados Unidos. Esto que dijo el tal Pachulin no es más que un chiste de velorio dominicano. Pero yo si pienso que pudiera ser posible que existan mentes con tal raciocinio. En realidad esa es la razón por la cual yo siempre digo y diré que para que existan gentes inteligentes, tienen que existir los idiotas, los incautos, los torpes y los mediocres. Para que existan gentes superiores y con mentes sanas, tienen que existir gentes con mentes enfermizas y con mentes inferiores. En este momento yo puedo saber que mi padre esta muerto porque yo estoy vivo y puedo ver a estos bastardos utilizando el velorio de mi padre como anfiteatro de tertulia y comedia. Pero contrario a lo que pasa conmigo, todo esto ocurre sin que mi padre lo pueda ver, oír o sentir como yo, por este estar muerto y yo no... Mientras yo estoy triste por la muerte de papa, esos bastardos están contentos por que la tradición de un segmento de mi pueblo le permite a estas gentes el hacer todo lo que ellos hacen durante el velorio, con el argumento de que esto le permite durar toda la noche sin dormirse y así poder acompañar a los doliente hasta el momento del entierro. Por esta razón los dolientes le brindan a esta gentes pan y galletas con mantequilla, te de jengibre y café colao... Por esta razón estos muertos de hambre están contentos. Ellos beberán café colao, te de jengibre acompañado de galletas y el llamado pan camarón. En otros lugares compuesto por gentes con mentes diferentes, este fenómeno no ocurriría porque los velorios no duran de un día para el otro; pero mucho meno se llevan acabo en los hogares de los dolientes sino mas bien en las modernas funerarias. Lo que significa que el velorio de funeraria en cierto modo, niega el tipo de velorio que se esta llevando acabo con mi padre. Pero asimismo la noche niega el día por ser la luz quien niega la oscuridad. Lo que se puede ver niega a lo que no se puede ver. Pero tengo que señalar que el ser humano siempre ha querido romper con este principio dialéctico al querer tener la capacidad de poder ser invisible y querer transformar lo imposible en posible y de esa manera eliminar el principio dialéctico de la vida. Todavía ese tipo de capacidad no se ha logrado aunque hay rumores de que para el 1943 la fuerza naval de los Estados Unidos trató de adquirir la capacidad de poder romper con la noción de que no es imposible transformar algo imposible en algo posible. Según dicen algunas gentes, los americanos han querido trasformar elementos visibles en invisible a través del proyecto llamado y conocido por todos como el proyecto Philadelphia. Según los comentarios la fuerza naval de los Estados Unidos comenzó a experimentar en como poder tornar un objeto visible en invisible. De acuerdo a lo que se sabe, el informe que sale del gobierno de los Estados Unidos con relación a estos rumores, es que tal experimento nuca ocurrió. Lo que yo si se como persona que le gusta leer aunque no le gustó ir a la escuela, es que para yo poder saber y sentir que tengo un alma noble, primero tengo que saber que hay desalmados como estos. Carajo hasta donde llega la gente. Ellos no saben que a través de sus morbosidades ellos hasta les hacen publicidad gratis a los que producen los productos que se les brindan en el velorio."

Depuse que el Gárrulo termina su murmuro, dos jóvenes que se encuentran sentados en medio de la multitud, se enfrascan en una discusión muy acalorada. Estos jovencitos forman parte de los oyentes que diariamente escuchan el programa radial de Rey y el Gárrulo. Los nombres de estos jóvenes son Ten y Puro. De repente Ten le dice a Puro "Coño de que tu hablas, El Gárrulo ese lo único que hace en el programa es hablar mucha mierda. Hay veces que el dice cosas que ni el mismo la entiende" "So los ignorantes como tu no pueden entender al Gárrulo" dice Puro. "Ignorante es tu abuela. Yo no se que tanto tu defiende al jodio Gárrulo ese. Yo lo que si pienso es que el es un buen come mierda y como un come mierda siempre sigue a otro come mierda; por eso es que tu lo sigues a el" dice Ten. "Para las ofensas personales. Tu puede ser mucho mas come mierda que yo. Es mejor que paremos esto" dice Puro. ¿"Que paremos que? Ahora te vas a poner de baboso diciendo que paremos esto." Dice Ten. "Mira hijo de tu maldita madre ya te dije que pare tus ofensas coñazo, para tu mierda" dice Puro muy enfadado. En ese momento Ten saca un cuchillo al tiempo que dice "tu puede ser mas hijo de tu maldita madre que yo" le comienza a dar múltiples puñaladas a Puro el que también saca otro cuchillo al tiempo que también comienza a propinarles múltiples puñaladas a Ten diciendo "Hay hijo de la gran puta; ¿Mira lo que me has hecho? Pero te boy a matar a ti también" Los dos jóvenes cayeron al piso desangrándose. En el lugar no hay ambulancia. Los cuerpos son sacados del lugar en uno de los camiones del dueño de la lona que cubre el velorio del difunto Pancho. Al llegar al hospital del pueblo, los dos jóvenes son declarados muerto a raíz de la gran cantidad de sangre que ellos perdieron. El velorio del difunto Pancho es opacado justo en la madrugada. La gran mayoría de todos los allí presentes se marchan del lugar. Pero lo peor del caso es que nadie quiere dar declaración de lo ocurrido.

Después que los joven fueron declarados muertos en la casa mortuoria permanecen los dolientes y unos cuantos amigos concentrado cerca del cadáver. El Gárrulo luego se retira del lugar, el camina hasta el frente de la casa donde se encuentra con un amigo de infancia con el cual se sienta a compartir el resto de la madrugada después del pleito entre Ten y Puro. Los dos viejos amigos se quedan hablando de todas las añoranzas del pasado. El Gárrulo es el primero que dice "Oye eso. Esos chicos se pelearon porque uno dice que yo hablo mierda y el otro dice que yo hablo verdades. Por esa razón es que yo no le paro bola a los que dicen que yo soy loco o que hablo disparate. Yo se que esos que dicen que yo hablo disparate lo dicen porque de igual manera abran otros que dirán que yo hablo verdades." Después que Gárrulo dice esas palabras, el amigo dice ¿"Gárrulo tu sabes algo de el adivino ese llamado Nostradamus?" "Para mi Nostradamus no era ningún jodio adivino. Yo pienso que cada persona tiene y tenia el derecho de interpretar lo que hizo Nostradamus como le diera su regalada gana. Durante la época de Nostradamos el mundo estaba mayormente compuesto por personas con una pobreza intelectual muy acentuada. Esto no les permitía a esas gentes poder entender lo que pudieran hacer personajes como Noetradamus o cualquiera que le dedicara tiempo completo al estudio de algo como lo hizo este señor. Nostradamus no era un mero adivino. El era un medico y astrólogo quien mostró una capacidad intelectual que sobrepasó la capacidad intelectual de casi todas las gentes de esa época. Lo que hoy me permite decir que nuestra era o nuestra época niega la época de Nostradamus intelectualmente ablando. Si nosotros utilizamos el principio dialéctico ya mencionado para darle explicación y de igual manera comparar la época de Nostradamus con nuestra época actual para de esa manera darle vigencia a Nostradamus, tendríamos que decir que los incautos e ignorantes de la época de Nostradamus fueron los que engendraron y le dieron vigencia al personaje de Nostradamus. En otras palabras, sin la existencia de esos incautos, Nostradamus no hubiese tenido tal notoriedad ecléctica o de predicción. Por esa razón yo pienso que eso lo hubiese ubicado en un peldaño diferente en nuestra era actual. Hay un antiguo refrán que dice que en el país de los ciegos el que tienes un cuarto de ojo se convierte en rey. Pero hay otro que dice que el repetir una mentira por mucho tiempo, hace que dicha mentira tienda a perpetuarse como verdad en las mentes de los ignorantes y este pudiera ser el caso de personajes como

Nostradamus y sus predicciones" dice Garrulo. Pero el amigo pregunta "Oye eso que tu dijiste; dialéctica, yen y yan; yo pude oír acerca de eso los otros días. ¿Esto pudiera significar que yo digo que si cuando tu dices que no? Porque para yo poder saber que yo se algo, primero tengo que saber que tu no sabes nada. En este caso tu sabes lo que yo no se. Yo creo que eso no fue lo que paso con Nostradamus porque en nuestros días diferentes a los días de Nostradamus, hay muchas personas que saben lo mismo que los llamados sabios puedan saber. Otra cosa, la hermana gemela de Pucha regresó de Europa." Dice el amigo. ¿"Quien Laura?" pregunta Gárrulo. "Si esa misma; Laura; como tu sabes, su hermana Pucha desapareció y nunca la volvieron a ver" dice el amigo de Gárrulo. "Mi papa siempre me decía que el sabia quien desapareció a Pucha pero que el no podía decir el nombre de esa persona porque si lo decía podría perder la vida. Pero un día yo pude escuchar una conversación entre papa y la vieja esa que se llama Melinda. Todo el mundo sabes que ella siempre ha tenido un centro de prostitucion repleto de muchachitas bonitas como lo era Pucha. Y como todo el mudo sabes los primeros en solicitar los servicios sexuales de esas jovencitas son los politiqueros esos. Pero también muchos de esos que andan exhibiéndose en grandes y caros automóviles; los tutumpotes del país. Yo si creo que esa vieja es la responsable de la desaparición de Pucha. Además ella es amiga y conoce a todos esos corruptos. ¿Oye y donde es que vive Laura?" pregunta Gárrulo. "Pero ella vive alado de un tal Pedro; el que le mataron a sus padres en Nueva York." Dice el amigo. ¿"Al lado de ese malandrín vive ella? Tu sabes yo siempre diré que a los padres de Pedro lo mataron por un ajuste de cuenta" dice Gárrulo. ¿"Ajuste de cuenta;? eso me suena como mafia de drogas. Pero ese don lo que vendía era carros y no drogas. Seguro el le fió algún carro a uno de esos mal pagadores como los hay aquí" dice el amigo. "El vendía carros si. Lo único que quizás las gomas de esos carros en ves de estar llenas de aire, estarían llenas del polvo blanco ese" "Que chistoso tu eres Gárrulo; que chistoso. ¿Oye Gárrulo que tú crees de la juventud de hoy en día? ¿Cómo tu compararía la juventud de ayer con la juventud de hoy? " Pregunta el amigo. "Esa pregunta no es tan fácil responder. Yo pienso que el comportamiento que tienen los jóvenes de hoy en día no es más que el resultado del trabajo hecho tanto por los responsables de criarlo como por la sociedad misma. Yo pienso que el grado de tolerancia a la sinvergüencería que nosotros hemos desarrollado, es lo que le ha dado vigencia al grado de irreverencia de estos jóvenes. Pero mas que eso, el poder que el sistema les da para que ellos puedan actual de tal forma. Fíjate, el respeto que siempre ha prevalecido entre unos y otros y que siempre caracterizó a pasadas generaciones, ya no existe en esta generación. La consideración hacia los envejecidos también ha desaparecido. Yo quiero que tú tengas el chance de ver lo que sucede en las playas de mucho países desarrollados y en vía de desarrollo con los estudiantes. Cuando estudiantes de países desarrollados llegan a las playas de otros países menos desarrollados durante el llamado descanso primaveral que se dan en algunos países desarrollados, estos jóvenes; la cual muchos de ellos pertenecen a la llamada clase media, se comprometen con un comportamiento salvaje y fuera del raciocinio humano. Pero lo más importante es que todo lo que estos jóvenes hacen, es a través del uso excesivo del alcohol y las drogas. Lo peor del caso es que lo que estos jóvenes hacen, lo hacen con el consentimiento tanto de sus padres como también de las autoridades educativas por ser estas las responsables de permitir los viajes sin control y sin supervisión del llamado Spingbrake o descanso primaveral... Esto es sin mencionar el comportamiento de los jóvenes menos privilegiados los cuales pertenecen a una clase social mucho más baja. Lo grave del caso es que estos jóvenes de clase más baja usan como gran paradigma, el comportamiento absurdo de los jóvenes de clase más alta por ser esto comportamientos los que al final se pone de moda. Ese fenómeno social es el que nos aqueja hoy en día con mucho mas severidad que ayer."Dice Gárrulo. El tiempo pasa mientras el amigo de Gárrulo se queda dormido en medio de la madrugada sin que Gárrulo se diera cuenta pero tampoco parara de hablar. Al llegar la mañana las pocas personas que quedaron en el mortuorio después que los dos jóvenes se quitaron la vida, se disponen a ayudar a los dolientes con el entierro. Después que el entierro de Pancho es completado, los cuentistas y parroquianos se preparan para los dos velorios de los dos jóvenes los cuales comienzan la noche del mismo día del entierro de don Pancho. Por esta razón, todos los cuentistas, enamorados y ociosos se preparan para los próximos velorios...

Dos semanas han pasado después de la muerte del padre del Gárrulo cundo este se dirige hacia la farmacia en busca de unos medicamentos que le recomendó una vieja amiga de su padre para tratar la migraña. Pero tan pronto Gárrulo pasa frente a la casa de una vieja llamada Chencha Gárrulo nota que la vieja sale de su casa con una lata de agua lanzando el agua sobre la huyas dejadas por las pisadas Gárrulo al este caminar. Pero lo curioso del caso es que al tiempo que la vieja lanza el agua sobre dichas huellas, Gárrulo la oye decir "Este hombre tiene una lengua viperina. Cuando el no encuentra de quien hablar el habla hasta de el mismo. Apártate de mi espíritu maligno; apártate" Gárrulo sigue caminando al tiempo que murmura "Si yo no supiera que esa vieja verde esta loca, yo la pusiera en su puesto." Gárrulo sigue su ruta en busca de su medicina. Pero tan pronto Gárrulo entra a la farmacia un viejo que se encuentra esperando por sus medicamentos, tan pronto alcanza a ver al Gárrulo se aleja del lugar diciendo "carajo uno tiene que tener mucho cuidado con la lengua de este hombre. Yo creo que cuando el no encuentra algo que decir de uno, el lo dice de el mismo. Ese tipo tiene una lengua viperina." Luego que el Gárrulo llega al mostrador de la farmacia y pide el medicamento al farmacéutico "Señor usted no puede comprar este medicamento sin una receta medica." Dice el farmacéutico. "Lo entiendo señor; lo entiendo. Gracia por la información" dice Gárrulo antes de marcharse de la farmacia.

A cuatro esquinas de la farmacia se encuentra la nueva casa de Pedro la cual esta dotada de la más alta tecnología en cuanto a seguridad. Pedro se encuentra hablando por teléfono. Cuando de repente suena el timbre asignado al guardia de seguridad quien le informa a Pedro de una mujer que lo esta procurando. Pedro mira por la pantalla del monitor sin reconocer a la mujer que lo busca. "Déjala pasar" dice Pedro. La mujer entra a la casa de Pedro. Pero tan pronto la mujer se acerca a Pedro dice "Pedro cuanto tiempo sin verte" ¿"Con quien tengo el gusto de hablar"? Pregunta Pedro. "Yo soy Ruth Pedro. ¿No te recuerda de mi?" dice la mujer. ¿"Ruth pero que ha sido de tu vida? ¿Por donde has andado?" pregunta Pedro. "Hay Pedro tu no sabes todo lo que ha pasado con mi vida durante estos últimos 15 años. Yo primero fui monja por mas de cinco años" dice Ruth. ¿"Monja tu, tu estas jugando?"Dice Pedro. "Si Pedro monja; aunque tu no lo creas. Ahora estoy trabajando como jueza en la corte de apelación. Te estuve buscando por mucho tiempo sin poderte encontrarte. Te pude localizar después de darme cuenta de que quizás tu seria el nuevo procurador de justicia y por eso vine a verte para ver si los viejos tiempos pudieran convertirse en nuevos tiempos." Dice Ruth. ¿"Y que es de u vida mujer? Yo no puedo creer eso de que tú te metiste a monja. Pero bueno ya que tu te saliste de eso ¿Qué es de tu vida; te cazaste o tienes pretendiente?", pregunta Pedro. "No, no yo estoy solita como creo que lo esta también tu." Dice Ruth ¿"Y como tu sabes que yo estoy solito como tu?" dice Pedro. "Perdona fui muy rápida con mi comentario. ¿Ella se encuentra aquí o esta por venir?" pregunta Ruth. "No, ni se encuentra aquí pero mucho menos esta por venir" responde Pedro. ¿"Esto significa que nuestras puertas están abiertas para un buen visitante?. Espero que tu sepas que yo extraño los viejos tiempos." Dice Ruth. "Lo mismo me pasa a mi" dice Pedro. Al tiempo que Pedro habla Ruth se le acerca y rápidamente le remueve la bata de baño que el llevas puesta dejándolo al desnudo. Ruth comienza a besar a Pedro de la misma manera que Pedro comienza a intensificar la pasión de dichos besos lo cual comprometa a Pedro a romperle el vestido que Ruth llevas puesto y luego colocarla sobre la alfombra del piso donde Ruth abres sus dos piernas permitiendo que Pedro le declarara una guerra de pasión la cual culmino con los quejidos pausados de Ruth y el agotamiento de Pedro. Todo sucede como si esta pareja se estuviese viéndose a diario. Todo fue rápido y real. Pedro y Ruth estuvieron sexo como los viejos tiempos sin muchos comentarios. Luego que los dos concluyen su primera batalla sexual después de este nuevo encuentro, ellos se disponen a reflexionar acerca de todo el tiempo transcurrido, Ruth dice ¿"Oye tu sabe algo de un tal Gárrulo que se la pasa diciendo cosas de nosotros por la radio como también en las calles?" "Gárrulo si alguien me dijo que ese personaje ha estado diciendo cuantas cosas malas le pudiera llegar a la mente acerca de mí y de mis padres. Pero yo lo he estado dejando tranquilo." Dice Pedro mientras sigue celebrando su nuevo encuentro. Pero el tiempo transcurre y la pareja comienzan ha trazar una nueva bases para poder sustentar su nueva relación. Luego como a las siete de la noche Ruth dice ¿"Papi tengo hambre que vamos a comer"? En ese momento Pedro se decide ha darles intrusiones por el teléfono a unos de sus asociados para llevar acabo un nuevo plan y por eso dice "si hoy mismo. Quiero que ese hijo de puta pague por sus acciones" dice Pedro por teléfono antes de decir "Ruth excusadme, ¿dijiste algo"? "Si Papi que tengo hambre. ¿Que vamos a comer?" Dice Ruth. Luego que Ruth informa a Pedro acerca del hambre los dos se deciden ordenar comida China de uno de los restaurantes Chinos del área.

Por otro lado el Gárrulo se encuentra en la estación del autobús cuando de repente se le acerca una hermosa mujer vestida con un traje negro. Gárrulo mira la mujer quien lo mira con una sonrisa amigable y dice hola ¿tu no eres el hijo del difunto Pancho Soñé? Carmelo es tu nombre y te dicen Gárrulo." Dice la mujer. "Si ese soy yo. ¿Y tu quien ere?" responde Gárrulo. "Yo soy Laura la que era tu vecina en el campito de la provincia de Valverde Mao" responde la mujer. Laura que alegría de verte. ¿Cómo tu esta? Sabes desde que tu hermana gemela desapareció yo siempre te estuve en la mente porque tu y ella eran tan unidas pero de igual manera tan diferentes." Dice Gárrulo lo que repentinamente provoca llanto en

Laura. "yo nunca olvidare a mi hermana. Ella se marchó de la casa sin dejar rastro alguno de su paradero" dice Laura. "Si yo fuera tu, yo le preguntaría a la vieja Melinda acerca de Pucha" dice Gárrulo. ¿"La vieja esa que tiene los prostíbulos? ¿Y porque tu dices eso?" pregunta Laura. "Mi papa siempre decía que Melinda era la responsable de la desaparición de Pucha; que el no podía decir nada porque si lo hacia podría perder la vida." Dice Gárrulo. "Oye te invito a mi casa. Yo vivo en 2115 de esta misma avenida. Dime cuando tu puede ir a visitarme para así poder seguir ablando" dice Laura. ¿"No te causaría problemas el visitarte?" pregunta Gárrulo. "Problemas; ¿porque? yo vivo sola y tengo control de lo que hago" dice Laura. ¿"Entonces que tu crees, este fin de semana es bueno? Pregunta Gárrulo. ¿"EL Sábado esta bien?" pregunta Laura. "Fantástico" dice Gárrulo. "Oye ¿Qué te gusta comer?" pregunta Laura. "Como visitante a mi nuca me gusta poner pretextos a lo que se me brinda. Yo soy practico en eso" dice Gárrulo. "Bueno te entiendo. Utilizaré mi criterio en ese sentido" dice Laura. "Bueno hasta el Sábado" dice Gárrulo. Luego que los dos amigos terminan de hablar, cada uno sigue por su ruta. El Gárrulo se queda muy emocionado de ver a Laura. Luego que llega el autobús, el Garrulo lo aborda y se sienta junto a un pasajero que se encuentra leyendo un libro. El Gárrulo nota que el titulo del libro esta relacionado al tráfico de drogas y por esa razón dice "Señor si no es molestia me dejas ver el titulo de ese libro. ¿Quién lo escribió?" "Si hombre como no; mírelo usted" dice el hombre. "Oye parece que este libro es muy interesante. La temática muestra como si se trata de cómo interpretar los crímenes creados por el narco-trafico y sus participantes" dice Gárrulo. "Bueno yo estoy disfrutando este libro de una forma total. Yo estoy aprendiendo cosas relacionadas a ese maldito mundo que nunca yo hubiese aprendido si no fuese por este libro. Pero que crees usted acerca de la secuela de crímenes tan insoportables que están ocurriendo por este maldito mal en todo el país." Pregunta el hombre. "Bueno yo no soy criminólogo pero mucho menos un profesional de ningún tipo de ciencias sociales. Yo soy un simple locutor que lees mucho. Yo creo que los crímenes creados a través el problema del tráfico de drogas, no ocurren únicamente en nuestro país. Pero también creo que estos crímenes se han convertido en crímenes con manifestaciones multi-sectoriales. Ya que la etiología criminal de estos tipos de crímenes no se dan únicamente entre los traficantes de drogas como usualmente ocurrían, sino que también crea danos colaterales multi-sectoriales... Ahora estos crímenes tienes manifestaciones multilaterales porque los traficantes de drogas han podido penetrar en múltiples dependencias tanto gubernamentales como en diferentes extractos sociales. En estos momentos, los crímenes dejados por este mal tienen manifestaciones en el mundo de la telecomunicación, la política, los departamentos gubernamentales, en lo judicial y legislativo y hasta entre algunos religiosos que directa o indirectamente se han sido involucrados. Esto ha creado una avalancha de asesinatos y ajustes de cuentas los cuales no tienen precedente en la historia criminal del mundo. Cada sector vinculado con el trafico de drogas y las mafias en algún momento dado tendría que atacar o ser atacado por alguien que no este satisfecho con algunos de sus comunes denominadores. Esto por si solo pone en un alto riesgo al ciudadano común. Esto es sin añadirle el hecho de que la geopolítica algunas veces esta detrás del trafico de drogas porque muchos traficantes de drogas se han podido infiltrar en el mundo de la política de tal forma que usted puede ver como algunos países se encuentran secuestrados políticamente por los traficantes de drogas y los mafiosos. Esto es sin mencionar el hecho de que cuando un país con capacidad de neutralizar el trafico de drogas tiene que implementar algo que le pudiera ser de vital importancia, los políticos de tal país no escatiman esfuerzos en usar la geopolítica para lograr sus objetivos, auque el poder lograrlo tendría que suceder después que ellos les dejen el paso libre a los traficares de drogas para que estos trafiquen con su veneno." Dice Gárrulo. "Oiga señor porque usted no escribe un libro acerca de este tema. Parece que usted lees mucho" dice el hombre al tiempo que llega a su destino. Luego se desmonta del autobús después de despedirse de Gárrulo. El Gárrulo sigue su ruta en el autobús al tiempo que murmura "Como yo se que yo me crié en un mundo donde los libros solo eran para los privilegiados, hoy yo leo todo lo que encuentro y por eso es que yo solo digo lo que leo; lo que aprendo a través de mis lecturas. Yo hago esto porque cuando yo venia creciendo aunque yo no estaba en la escuela, yo notaba que solo aquellos que podían leer libros podían tener el don de poder hablar de cosas importantes; de cosas que le pudieran gustar a unos de la misma forma que no les gustaría a otros. En realidad cosas importante para el desarrollo integral de las personas y de la humanidad; pero también importantes para la continuidad de la vida... Por eso es que hoy yo auque ayer no pude ir a la escuela por ser pobre y tener un padre que no le importara mucho eso de escuela, hoy yo leo hasta durmiendo. Por esa razón es que yo puedo hablar de la misma manera o mejor que como hablan los que siempre han tenido el chance de ir a la escuela. Aunque yo pienso que si yo hubiese ido a la escuela creo que yo lo hubiese hecho mucho mejor que como lo hago ahora... Esto modestia parte, me avala el chance de poder tener el don de las palabras donde quiera que me encuentres y frente a cualquiera que se considere ser un intelectual. Yo se que a muchas gentes no les gustan mi forma de hablar y por esa razón me dicen loco. Me dicen el Gárrulo loco. Si, yo soy un Gárrulo loco para unos, al mismo tiempo que para otros soy alguien a quien hay que escuchar... Esa es la ley dialéctica de la vida. Sin estas contradicciones el ser humano nunca hubiese tenido razón de ser porque a través de la dialéctica es que el ser humano puede diferenciarse del resto de los animales y así poder establecer la diferencia entre ser o no ser, entre estar o no estar... La inteligencia del animal/humano niega la no inteligencia del animal no humano. Esta diferencia es lo que crea la dialéctica de vida a la que yo me refiero. Quizás la forma de yo decir las cosas, pudieran ser mal interpretadas por muchas gentes educadas en importantes centros educativos y con capacidad de utilizar muy bien el eufemismo. Yo pienso que esto pudiera deberse al hecho de que esas gentes pudieran tener una forma de pensar mas sofisticada que la mía. Pero tengo que decir que quizás por yo no haber ido a la escuela como ellos de igual manera es que yo digo las cosas de esta manera. Yo solo digo las cosas como son y no como deberían de ser para algunos. Solo a los sofistas les gusta decir las cosas con un sentido hilvanado y desviado de la realidad. Durante la historia podemos ver como los filósofos filosofaban en ara de encontrar la verdad de las cosas. Mientras que los sofistas se comunicaban solo para convencer; para imponer sus puntos de vistas no importa si esto fuera sobre las bases de la verdad o la mentira. En realidad por yo no ser sofista en una sociedad donde el uso del eufemismo es parte de la norma, es que algunas gentes me ven como loco. Pero esto solo se da ante los ojos de algunas gentes que les gustan practicar el eufemismo a través del sofismo. Que me digan loco no me preocupa porque yo prefiero saber que a algunas gentes no les guste oírme hablar y por esa razón me llamen loco, y no que algunas gentes me engañen con falsedades." Termina de murmurar Gárrulo. El autobús se detiene en la estación de Gárrulo. Este se dispone a salir del autobús y luego caminar hasta su casa la que se encuentra a dos cuadras del la estación del autobús. Pero al llegar a la primera esquina dos jóvenes conduciendo una motocicleta se les acercan al Gárrulo y sin decir una sola palabra, uno de los jóvenes le dispara más de ocho veces dejando al Gárrulo tendido en el medio de la acera sangrando por la boca y el abdomen. Gárrulo yace en el suelo sangrando al tiempo que dice "El que me disparó es un cobarde. El que me disparo o el que mando a que me disparen me tiene miedo. Pero quiero que sepan que aunque este sangrando no moriré, no moriré porque mi mente en este momento le esta dando ordenes positivas a mi cuerpo diciéndole que yo viviré aunque estos cobardes me quieran matar sin dar la cara.". La ambulancia llega llevándose a Gárrulo el que en ningún momento para de hablar. No es hasta cuando tuvieron que dormirlo en el hospital para practicarle una operación que Gárrulo para de hablar. Luego que la operación de Gárrulo es terminada el es conducido a la sala de cuidados intensivos.

Por otro lado Tito es quien se encarga de investigar el intento de asesinato de Gárrulo lo que hace que Tito se dirija hasta el hospital donde Gárrulo se encuentra internado. Tan pronto Gárrulo alcanza a ver a Tito, lo primero que dice "que alegría me da verte Tito. Parece que un cobarde a querido convertirse en mi ejecutor." "Es muy lamentable que esto sucediera Gárrulo. ¿Tu tienes algún enemigo en este lugar?" pregunta Tito "Enemigo, bueno los únicos que no tienen enemigos son los que han matados a todos sus enemigos y para no cansarte con mis peroratas, te diré que yo nunca e matado siquiera un mosquito. Fíjate Tito, tú siempre encontraras a alguien que no le guste lo que a ti te gustes o alguien que quiera lo que tú tengas porque te pertenezca. Esa es la dialéctica de vida de nuestro mudo. En este caso lo único que yo te pudiera decir, es que quizás alguien quiere que yo pare de decir lo que el o ella no quiere oír. Pero yo no parare de decir lo que tenga que decir aunque el diablo no me quiera oír. Yo nunca parare." Dice Gárrulo. "ya todas las evidencias han sido colectadas. A ti te dispararon con un arma semi-automática. El medico dice que si tu hubiese parado de hablar después que te dispararon era muy probable que tu no hubiese podido llegar con vida al hospital. ¿Gárrulo tu tienes ideas de algo que tu ha podido decir de alguien que lo pudiera motivar a esa persona a actual de esta manera en contra tuya?" Pregunta Tito. "Fíjate yo he dicho tantas cosas que hasta me atreví ha decirte cosas de Nostradamus y creo que el no me vas a mandar a matar. También he dicho cosas acerca de la desaparición de Pucha, de la muerte de tu amigo Mon, de la muerte de los padres de Pedro, de Dios y el diablo, de la noche y el día, como también de los gordos y los flacos. Yo siempre tengo algo que decir. Esto me compromete ha tener que lidiar con gentes que estén de acuerdo con lo que digo y con gentes que disienten de lo que pueda decir. Bajo tal condición, es muy difícil el yo poder señalar a alguien como responsable directo de estos disparos. Lo único que yo puedo decir es que el que me disparo o el que mando ha que me disparen, es un verdadero cobarde. Pero el tiempo dirá" Dice Gárrulo. "En estos momentos yo estoy trabajando con todas la evidencias colectadas en la escena del crimen. Nuestro departamento de ciencias forense de la policía, esta equipado con las mejores tecnologías de investigación criminal... Si en el futuro yo tengo que retornar para yo hacerte otras preguntas, espero que te encuentres mucho mejor de salud para que así podamos hablar mejor." Dice Tito al tiempo de marcharse del hospital prometiéndole a Gárrulo que el volverá. Al mismo tiempo que Tito sale del hospital, Laura entra para visitar a Gárrulo. "Hola Carmelo ¿Cómo estas"? que infortunado es todo esto. ¿Pero quien pudiera ser el desalmado que intento quitarte la vida?" Pregunta Laura. "Como tu sabes uno siempre tiene alguien quien se interese por lo que uno tenga aunque en realidad uno no tengas nada. Yo creo que el que intentó quitarme la vida me tienes miedo." Dice Gárrulo. ¿"Pero miedo porqué Carmelo? Tu eres una persona tranquila" dice Laura. "Bueno yo pudiera ser tranquilo para ti porque quizás yo no tenga nada que decir de ti que te pudieras eludir. Pero como yo no tengo pelos en la lengua, yo estoy seguro que en algún momento yo pudiera haber dicho algo que le molestara a alguien." Dice Gárrulo "Bueno si tu piensas que eso pudo haber sido la razón para que esto te sucediera, entonces yo te aconsejo de que tengas mucho cuidado con lo que tu dices." Dice Laura. "Laurita, si por yo decir las cosas como son, es que alguien me quiere quitar la vida, pues que se prepare porque me la quitará. Yo nunca pararé de decir las casas como son; nunca pararé." dice Gárrulo. Depuse de Gárrulo decir esta palabra Laura sintió que estaba frente un hombre con los principios y determinación que a ella le han atraído toda la vida. Es como si ella se siente cautivada por algo que ella no esta lo suficientemente segura si debería darle importancia o no. Laura permanece parte de la tarde con Gárrulo. Pero al llegar la noche se despide prometiéndole a Gárrulo de que ella volverá el día siguiente.

Por otro lado en la casa de Tito existe la incertidumbre de que Tito no sabes quien será su próximo jefe porque el actual incúmbete se retira después de haber trabajado como procurador de la justicia por mas de treinta años. Son las cuatro y treinta de la tarde cuando Tito se dispone ha abrir sus correspondencias. La primera correspondencia que abre es una que le habían enviado de su trabajo. Tan pronto Tito abre la correspondencia lo primero que dice es "July, July ven para que veas esto." ¿"Que es mi amor? dice July. "Mi amor mira esto. ¿Quien lo creería? Pedro será mi próximo jefe." Dice Tito. "! Pedro! ¿Qué Pedro?" pregunta July. "Tu no conoces a Pedro al que en menos de un mes le mataron al papa y depuse le mataron a la mama en Nueva York." OH si; de ese era que Gárrulo se estaba refiriendo el día que el nos visito con mi hermano" dice July "Ese mismo" dice Tito "Hay deja que Gárrulo sepa eso" dice July. "Yo como que lo estoy oyendo. Yo no se porque el Gárrulo no quiere saber nada de Pedro" dice Tito. Pero luego de Tito recibir la carta, la tarde transcurre, lo que provoca que Tito y July se comprometieran a cumplir con su habitual actividad sexual del momento.

El día siguiente Tito se prepara para tener su primer encuentro con Pedro. En este caso con Pedro su jefe. Son las ocho de la mañana cuando Tito llega a su oficina. Todos los allí presentes se encuentran en estado de tensión esperando el momento de poder escuchar a su nuevo jefe dándole las nuevas instrucciones. A las nueve y media de la mañana Pedro hace su entrada al departamento. La primera en recibirlo es la secretaria asignada al procurador. Todos los miembros de los diferentes departamentos que trabajan en conexión con la procuraduría, se encuentran reunidos para darle la bienvenida al nuevo procurador. El salón esta repleto. Luego Pedro llega al podium y comienza a dirigirse a toda la concurrencia diciendo lo siguiente "Miembros del cuerpo administrativo de la procuraduría; miembros y trabajadores del palacio de justicia; cuerpo investigativo en general; damas y caballeros; en este momento me dirijo a ustedes con la sana intención de comunicarles lo feliz que me ciento de formar parte de tan importante departamento. Pienso y quiero que mi presencia en este departamento, sea una experiencia positiva para cada uno se nosotros. Este nuevo milenio a traído consigo un vendaval de cosas tantos buenas como malas y nosotros somos los elegido para verificar que solo las cosas buenas se queden en nuestra sociedad; manteniéndonos unidos para de esa manera y sin escatimar esfuerzos sacar de circulación las cosas malas y a los malvados. Tenemos que unir esfuerzos cada vez que tengamos que resolver un problema. Nuestro departamento estará dotado con las más altas tecnologías para la investigación criminal. Este departamento estará dotado con una unidad encargada de implementar la ciencia forense con la mejor tecnología de punta... Desde hoy mismo comenzaré a luchar por introducir la prueba de ADN como prueba admisible en la corte para así poder aclarecer los crímenes violentos. Los revolveré que portan los agentes del servicio calibre 38 serán cambiados por pistolas semi-automáticas de nueve milímetros. La flota motorizada será rediseñada de tal forma que todos los vehículos del departamento estarán dotados con cámaras de video, computadoras y comunicación inalámbrica." Mientras Pedro habla uno de los periodistas presentes lo interrumpe al preguntarle. ¿"Procurador que usted pudiera decir acerca de lo que la procuraduría haría en la investigación del intento de asesinato del compañero Gárrulo?" "Como ustedes bien saben, cuando una investigación esta en curso, no es recomendable hablarle al publico acerca de lo que se esta haciendo o lo que se hará al respecto porque esto pudiera contaminar el proceso investigativo. Pero debo decirle que yo todavía no tengo todas las informaciones de los diferentes casos que están por resolver. Cuando yo esté mejor informado de todo, entonces yo personalmente haré publico todo lo que la procuraduría estará haciendo al respecto sin tener que poner en riesgo cualquier investigación que este en proceso." Dice el procurador. Después que Pedro le responde al periodista, la encargada de relaciones pública de la procuraduría toma la palabra dando por terminada la ceremonia. Luego todos los allí presentes se disponen a retirase cada uno con opinión dividida acerca de la nueva administración. Tito como siempre queda uno poco cauteloso. Pero con la salvedad de que todo lo que el Gárrulo le ha podido decir a Tito a cerca de Pedro le esta martillando en la cabeza. Luego Tito sale del salón de conferencia dirigiéndose hacia su vehículo el cual esta estacionado en la parte frontal del edificio de la procuraduría. Cuando Tito trata de abordar su vehículo, en ese momento llega Laura en un vehículo sedan de color rojo. Laura está vestida con un traje rojo igual que el color rojo de su vehículo. Los dos jóvenes hacen contacto visual y al unísono dicen "Tito, Laura" Pero Laura es la que se queda con la palabra al decir ¿"Como estas? Creo que ya el discurso terminó. Estoy tarde porque yo le prometí a Carmelo que le llevaría un caldo de pollo" "Si ya se termino. ¿Cómo dejaste a Gárrulo? Oye no creas que te perdiste algo que tu no pudiera saber... Pero bueno Laura ¿Qué tal si nos tomamos un café?" dice Tito. "Me parece bien. Carmelo está mucho mejor. ¿Oye pero donde nos tomaremos el café?" dice Laura. "Sígueme" dice Tito. Los dos jóvenes salen del área en sus respectivos vehículos. Luego en la salida del pueblo en dirección al aeropuerto, Tito se detiene en un restaurante muy elegante el cual fue creado para los turistas que vienen al país. Laura estaciona su vehículo contiguo al vehículo de Tito. Luego los dos jóvenes se disponen a entrar al restáurate. Uno de los mozos llega para servirles al tiempo que los ubica en una mesa situada cerca de la puerta frontal del restaurante. Luego que los dos jóvenes están ubicados en la mesa, Tito es el que dice "Laura yo tengo hambre yo no se tu." "Yo me tome una sopa esta mañana. Pero creo que es hora de almuerzo. Te acompañaré. Yo creo que también tengo hambre."Dice Laura. "Yo boy ha comer bandera dominicana ¿y tu que comerás?" dice Tito. "Yo comeré moro de gandules con pollo guisado y unos fritos de plátanos maduros." Dice Laura. "Yo soy un poco mañoso cuando se trata de comer. Me hiciste cambiar de idea. Boy ha cambiar la bandera por el morito de gandules con pollo guisado y frito de plátano maduro que tu ordenarás." Dice Tito. "Ja, ja, ja que chistoso eres." Dice Laura. "Oye Laura ¿Qué fue lo que tu estudiaste en Cuba? No me digas que estudiaste veterinaria. Yo recuerdo que durante la guerra fría hubieron muchos dominicanos que fueron a la Unión Soviética como también ha Cuba y muchos de esos países que formaban parte del bloque Soviético con el fin de estudiar algo que le fuera estratégicamente útil en la lucha política en contra del gobierno del momento. Pero en forma muy subrepticia, algunos de estos dominicanos estudiaban cosas como ingeniería de armamentos haciéndole creer a las gentes que estudiaban cosas como Veterinaria o Agronomía etc. ¿Ese no es el caso tuyo verdad?" pregunta Tito. "Ja, ja, ja, que chistoso ere Tito. "No hombre yo estudie economía política en Cuba pero al retornar al país adquirí una licenciatura en derecho." Dice Laura. "OH sea que tu eres abogada también." Dice Tito. ¿"Oye Carmelo nunca te has hablado de mi desaparecida hermana Pucha"? pregunta Laura. "Fíjate si tu supiera que no. El nunca me ha mencionado ese nombre. ¿Pero que paso porque tu me preguntas eso?" dice Tito. "Mira cuando yo me encontré con Carmelo por primera ves después que yo lo deje de ver en el campo, el me comunico que una vieja llamada Melinda es la responsable de la desaparición de mi hermana Pucha." Dice Laura. "Espera, espera, dímelo por parte. Primero dime cuando tu hermana desapareció y luego dime como Gárrulo pudo llegar a la conclusión de que esta persona es responsable de dicha desaparición." Dice Tito. "Mi hermana desapareció cuando yo tenia quince años. Hoy yo tengo cincuenta años de edad. Y Carmelo me dijo que cuando el estaba pequeño el siempre escuchó a su padre decir que la responsable de la desaparición de mi hermana es la dueña de esos prostíbulos. El nombre de ella es Melinda; que su papa no podía decir nada porque el podía perder la vida." Dice Laura. ¿"Y el padre de Gárrulo ya esta muerto?" pregunta Tito "Eso es correcto" dice Laura. "Bueno lo único que desde mi departamento se podría hacer después de casi 35 años de haber ocurrido este hecho, es entrevistar a todas las mujeres que trabajaron en dicho prostíbulo durante esa época. De esa forma se pudieran colectar suficientes informaciones para poder saber si tú hermana estuvo en ese prostíbulo y si aun esta viva. De esa manera si tu hermana estuvo en dicho lugar y no esta viva, entonces así poder encausar a alguien. Otra cosa, el nuevo procurador ya dijo que muy pronto nosotros podremos contar con a prueba de ADN. Si esto sucede nosotros entonces colectáremos todas las evidencias físicas y material posible para luego hacerle dicha prueba y utilizar los resultados que nos sean favorables como evidencia acusatoria. Esto podrá servir como herramienta muy importante en la parte forense de cualquier investigación criminal y especialmente en el caso de tu hermana" Dice Tito. "Fíjate lo malo de todo esto es que quizás por ahí anden muchas personas con sus conciencias repletas de culpas. Pero solo porque el sistema no tiene todas las herramientas necesarias para detectar esas personas, tú puede ver y sentir que estas gentes andan alrededor de uno como si ellos no hubiesen hecho nada. Gracias a Dios que el nuevo procurador parece ser un hombre de bien y que se preocupa por el bienestar y seguridad del pueblo. Ahora podremos contar con nuevas herramientas para poder hacer el trabajo." Dice Laura. "Yo creo que así será Laura" dice Tito. "Pero Tito, ¿Cuándo tu crees que se podrá comenzar a investigar la desaparición de mi hermana?" pregunta Laura. "Bueno mañana temprano yo boy a presentar una moción para re-abrir el caso de la desaparición de tu hermana y luego proceder con la investigación lo mas rápido posible. Recuerda que todavía ella tiene un estatus de desaparecida puesto de que si ella esta muerta, nunca se a encontrado su cadáver." Dice Tito. "En cualquier momento que tu me necesite bajo cualquier circunstancia, por favor déjame saber que allí estaré para ayudarte." Dice Laura. "Bueno yo cuento contigo y con el Gárrulo. Sin el esto no se hubiese podido re-abrir. Por eso es que yo desde que lo conocí por primera vez dije que cuando el habla es bueno ponerle atención aunque uno no esté de acuerdo con lo que esté diciendo" Dice Tito. Después que Tito y Laura terminan de almorzar, se despiden uno del otro al tiempo que acuerdan verse el día siguiente.

Por otro lado en el hospital donde se encuentra el Gárrulo todo ya esta listo para que el Gárrulo sea despachado para su casa dentro de los próximos tres días. No obstante a eso al Gárrulo se le esta haciendo una entrevista televisada co-mandada por Rey su amigo y compañero de trabajo. Luego de que todo esta listo para la entrevista, el primero en preguntar es Rey "Gárrulo, pudieras decirle a toda la tele-audiencia como te sientes y ¿quien tu crees que pudo ser el responsable de lo que te ha sucedido?" "Fíjate yo me ciento muy bien. Me ciento mejor que como el o los responsables de lo que me ha sucedido quisieran que yo me sienta. Porque ellos me querían muerto y yo estoy vivo. Pero para responder mejor a tu pregunta con relación a quien yo creo que pudiera ser el/o los responsables de lo que me pasó, te diré que yo no se. Lo único que si se, es que en la vida hay cosas que conmueven a todos cuando estas cosas tocan un común denominador. Pero cuando estas cosas le dañan los intereses a alguien, ese alguien siempre quiere contraatacar de alguna manera. Rey lo que quiero decirte es que cuando las cosas eluden a un solo grupo de personas o una persona en particular, la conmoción es dividida. Esto es así porque mientras unos se conmueven de lo que pudo suceder, otros se alegran de lo sucedido. Este es el caso mío con relación a lo que me acaba de ocurrir. Yo pienso que el, o los responsables de lo que me ocurrió, es o son unos cobardes. Pienso que el, o ellos tienen algún secreto que esconder, y quizás uno de mis tantos comentarios pudo haber tocado dicho secreto. Yo se que vivo en un mundo racional y esto me compromete a saber que cuando una persona toma una decisión la mayoría de las veces dicha decisión es tomada bajo un calculo racional. Lo único que cuando dicho calculo es desasentado, entonces lo que se engendra es un tipo de vicio peligroso que siempre quiere conducir al actor o los actores a la misma muerte... Por esa razón te diré que quien calculó mi muerte, incurrió en un gran vicio que en vez de tornase en mi muerte se torno en error porque el hecho de que yo este vivo es muestra de que dicho cálculo a sido un cálculo muy desacertado... Yo estoy y seguiré estando vivo y no le tengo miedo a esos o ese cobarde que quiso matarme. Yo me cubriré utilizando como gran paradigma permanente y sostenidamente, el manto formado por la verdad. Así lo haré hasta el día de mi muerte. La verdad es inmutable como también lo es la mentira. Lo único que cuando la manipulación intelectual toma su curso y es inculcada en las mentes de los incautos, dicha inmutación deja de existir y por ende la confusión, el dolo, la corrupción como también las acciones malsanas que desvirtúan el estado natural de las cosas, se adueñándose de todo, haciendo que lo bueno parezca malo y lo malo parezca bueno. Esto me obliga a tener que decir, que los cálculos hechos por los asesinos que quisieron matarme, fueron cálculos muy viciados. Es importante decir que cuando una persona solo practica lo malo en ara de conseguir lo bueno para el o ella, se torna un poco difícil convencer a esta persona a que practique lo bueno porque su propia dialéctica le dirá que el conseguir lo malo para el o ella es practicando lo bueno. En realidad esto lo que muestra una ves mas, es cómo el ser humano se diferencia de las demás especies. Los animales hacen sus cálculos basados en el contacto cíclico a través de la relación simbiótica que ellos tienen durante la dinámica natural de su medio ambiente. Este cálculo es basado en una relación simbiótica entre la naturaleza y el mismo animal. Ejemplo práctico de esto es como el chimpancé utiliza las herramientas que necesita para poder adquirir los alimentos que este necesita para poder vivir. Pero es importante señalar que estas herramientas no son utilizadas por el chimpancé para engañar a otros chimpancés, sino más bien para el poder conseguir los alimentos que necesita para comer. Mientras que si aplicamos este mismo concepto con el ser humano notaríamos que por el contrario, el ser humano utiliza sus herramientas para perder sentirse superior a otros seres humano y poder callarlos y neutralizarlos de la misma manera que esos asesinos quisieron neutralizarme o matarme. Eso por si solo, muestra el tipo de principio dialéctico existente entre el chimpancé y el ser humano. De igual manera, ese mismo principio dialéctico existe entre los bandidos criminales cuando están frente a gentes buenas y obedientes de la ley. Esto me obliga a tener que decir y creer, que mientras halla vida, siempre existirán los criminales de la misma forma que existirán los no criminales. Pero después de haber dicho esto tengo que añadir que yo les aseguro a los amigos televidentes, que algún día la verdad de todo lo que me pasó como también lo que digo saldrá a la luz y esto me hará sentir muy feliz. Yo estoy mejor y estaré bien gracias." Dice Gárrulo.

Por otro lado Pedro se encuentra en su casa esperando a Ruth quien lo llamó por teléfono para comunicarle que la esperara hasta que ella salga del trabajo. Tan pronto Ruth sale del trabajo se dirige hasta la casa de Pedro el cual ya había ordenado comida para cuando Ruth llegue. En uno de los pasillos de la casa de Pedro hay un cuadro con una gigantesca fotografía de Pedro y Ruth de cuando ellos eran muy jovencitos. En dicha foto los dos muestran unas vestimentas típicas de los jóvenes de su época. De repente el timbre suena y Pedro le comunica al guardia que deje pasar a Ruth la cual entra a la casa como si esta ya fuese la nueva dueña. Esto provoca que Pedro de una forma muy amorosa reciba a Ruth dándole un beso en la boca el cual es correspondido de igual manera por Ruth. Esto sucede frente al gigantesco perro de Pedro quien observa la pareja moviendo su cola y sus grandiosas orejas negras al mismo tiempo que muestra su larga lengua. ¿"Como te fue el día chula"? pregunta Pedro. "Muy bien papi ¿y a ti como te fue? ¿Qué lo quieres antes o después de comer?" dice Ruth. "Si dámelo ahora. Lo quiero ahora sudadito y con olorcito a bacalao mami" dice Pedro. En ese momento Pedro y Ruth se dedican a darle rienda suelta a sus fantasías sexuales de tal forma que solo ellos y el gigantesco perro de Pedro pueden pernotar la clase de aberraciones sexuales que esta pareja esconde entre si. En realidad el tipo de fantasía sexual que esta pareja está practicando junto al perro, solo puede ser entendida por el perro. Lo que está ocurriendo con Pedro, Ruth y el perro de Pedro en la sala de la casa de Pedro es algo fuera del raciocinio humano... Tanto Pedro como también Ruth se encuentran comprometido en la más inusual práctica o fantasía sexual incluyendo la coprofilia sexual (coprofilia es sentir placer sexual al comerse sus materia fecales) en la cual ellos incluyen y comprometen a su gran perro a formar parte de dicha fantasía. Solo Pedro y Ruth saben la razón por la cual ellos están haciendo lo que hacen y de la manera que lo hacen, aunque el perro de Pedro pudiera ser el único que pudiera estar equipado en su raciocinio de perro para entender y gustarle lo que ésta pareja está haciendo. Pero lo más sorprendente es como este tipo de relaciones sexuales contradice en su totalidad el carácter o imagen que estos dos individuos le venden a la sociedad. El buen carácter de gentes respetuosas y honorables es totalmente negado por dicha aberrante práctica coprofilia sexual. Tanto Ruth como Pedro están totalmente fuera de control mientras comprometen al perro en actos de humanos a los estos de igual manera practicar la zoofilia con el perro (zoofilia es tener sexo con animales). El tiempo trascurre dejando tanto a Pedro como a Ruth tendidos en el piso al tiempo que el perro continua saboreando el sabor del sudor de Ruth al lamer con su gran lengua tanto las partes privadas de Ruth como de Pedro. Luego Pedro es quien se levanta del piso dirigiéndose hasta la puerta en busca de la orden de comida que el havia ordenado. Mientras tanto Ruth continua en el piso totalmente desnuda al tiempo que el perro continúa lamiéndole parte de su cuerpo al seguir el olor que tanto le gusta a Pedro. Luego Ruth se levanta del piso y después de darle un beso al perro camina hasta donde esta Pedro quien se encuentra sirviendo la comida en la mesa y lo abrasa por la espalda. Luego los dos se sientan a comer. Pero es Ruth quien dice "Papi uno de los fiscales que trabajan en mi corte me informó de un caso donde el locutor llamado Gárrulo fue victima de un intento de asesinato. Como son las cosas.; que coincidencia, nosotros estuvimos hablando de ese individuo la semana pasada." "Oh si un periodista me estuvo preguntando que la procuraduría hará con relación a este hecho. Yo creo que ese hombre se sobrepasa mucho con lo que dice" dice Pedro. "Tu puedes estar seguro que de ahora en adelante esos periodistas te pondrán mucha presión para que resuelva el problema y encuentre a los culpables" dice Ruth. "Bueno ellos podrán poner todas las presiones que ellos quieran. Si el caso no se pudiera resolver, así será y ellos tendrán que aceptarlo. Tan simple como eso" dice Pedro. "Si pero tu sabes que cuando algo así le sucedes a un periodista o locutor, siempre abra algo que decir al respecto" dice Ruth. "A mi eso me tiene sin cuidado. Tu bien sabes que yo se como manejar cosas como estas."dice Pedro. "Papi cambiando un poco el tema. ¿Tú no crees que seria bonito si nosotros llevamos esto a otro nivel y nos casamos? Dice Ruth. "Mami yo estaba esperando que tu utilizara tu liberación femenina y lo proponga. Como no mami ¿Cuándo te quiere casar hoy mismo? Yo no quiero boda con muchas gentes; solo los familiares mas cercanos." Dice Pedro. ¿"Papi que tal si nos casamos el día de mi cumpleaños?" dice Ruth. "Faltan dos meses para el día de tu cumpleaños. Okay nos casaremos ese día."dice Pedro. La pareja termina de comer y de planear su boda. Por tal motivo Ruth se viste con un camisón de Pedro por este haberle roto el vestido y se despide de Pedro dirigiéndose hasta donde ella estacionó su vehículo y luego se marcha

Por otro lado el día siguiente Tito se levanta bien temprano y procede a hacer sus usuales ejercicios diarios. Cuando Tito termina sus ejercicios procede a desayunarse y luego que termina su desayuno, se dirige hacia la procuraduría. Cuando Tito llega al despacho del procurador, lo primero que hace es solicitar la reapertura del caso de Pucha. La aprobación es inmediata. Tito logra que se reabra el caso sin ningún tipo de inconvenientes. Después de Tito obtener dicha aprobación lo primero que hace es llamar a Laura para informarle de la aprobación, lo que hace que el pacte verse con Laura después del trabajo en la casa de Gárrulo el cual saldrá del hospital ese mismo día. En el mismo momento que Tito obtiene dicha reapertura, llega el procurador a su despacho. En ese mismo tiempo llega un informe que dice que un reconocido dueño de restaurante llamado Paco ha sido arrestado por este estar vendiendo en sus restaurantes carne de burro, caballo, ratas, gatos, y hasta de perro. Hasta se dice que personas que han desaparecido misteriosamente en la región, se presume que este las a matado y halla vendió la carne en sus restaurantes. El informe tambien dice que al señor Paco se le encontraron mas de 500 libras de carne procedente de tres diferentes mataderos los cuales estuvieron bajo investigación por mas de tres meses. El informe sigue diciendo que dicha investigación fue iniciada después que un locutor llamado Gárrulo había recibido múltiples denuncias en su programa radial acerca de la sospecha de que el señor Paco pudiera estar vendiendo productos descalificados por el departamento de salud publica del país. Más aun el informe sigue diciendo que en este caso el locutor Gárrulo se refería a las diferentes carnes vendidas en dichos restaurantes por dicho señor sin incluir la hipótesis de que este señor también vendía carne humana puesto que esa información llego al conocimiento publico hoy mismo después que un trabajador del señor Paco acusara a Paco de dicho crimen. Luego el informe concluye diciendo que todas las evidencias encontradas en los distintos lugares de los hechos fueron identificadas como tal se alega las cuales están en video y grabaciones de voces las que serán utilizadas como evidencia en contra del señor Paco." "Carajo yo siempre tuve la certeza de que al Gárrulo hay que ponerle atención; mucha atención" murmura Tito.

Después que Tito consigue reabrir el caso de Pucha, el se dispone a trabajar en ara de crear el equipo de investigadores que se encargará de dicha investigación. Pero mientras Tito se preocupa por dicha investigación, la vieja Melinda todavía tiene su prostíbulo funcionando aunque en menor cuantía. Este prostíbulo funciona mucho más subrepticio que antes y con menos mujeres. En dicho prostíbulo vive una joven llamada Lolita la hija de Lolo. Esta mujer desde muy jovencita se dedicó a vender su cuerpo porque desde su óptica, su entorno nunca le ofrecido algo mejor. La vieja Melinda vive en la misma casona de antaño vestida y tratada por sus hijos, nietos y también por los encargados de cuidarla, como si ella fuese una reina, o una gran dama de honor. Solo los que penetran a la casa de la vieja Melinda se pueden dar cuenta de lo que allí dentro sucede... El gran patio de la casona esta repleto de hermosas flores y árboles frutales de diferentes clases. El frente de la casona esta adornado con un hermoso jardín. Todo esta impecablemente limpio y bien cuidado. Lolita es una de las prostitutas más allegada a la vieja Melinda por esta ser la prostituta con capacidad de poder trabajar con el mayor número de clientes semanalmente. Lolita tiene relaciones sexuales diariamente con cinco hombres los siete días de la semana. Esto hace un total de 35 hombres semanalmente. Pero cuando Lolita tiene su periodo ella se dispone a forzarse de tal manera que en vez de tener sexo con cinco hombres diariamente ella la hace con seis. Esto desde la óptica de Lolita es un privilegio que Dios le dio porque ella dice que eso es un don que Dios le otorgó a ella sola. Lolita siempre dice con mucha jactancia, que ella es la única que puede hacer tal cosa. Ella siempre dice que eso le a podido permitir ayudar a sus hijos, sacar su hermano Lolito de la cárcel cada vez que este es apresado por robar, como también ayudar a su padre Lolo quien ya no puede trabajar por este encontrarse enfermo y viejo. Lolita dice que ella esta muy orgullosa de su trabajo, pero que el mayor orgullo que ella siente, es de poder hacer en el prostíbulo lo que otras prostitutas no pueden hacer con tal cantidad de hombres semanalmente. Por tal razón y como de costumbre, esto es lo que hace que la vieja Melinda tenga la efímera estrecha relación que ella tiene con Lolita.

El día concluye lo cual le permite a Tito dirigirse hacia la casa del Gárrulo donde lo espera Laura... Tan pronto Tito llega a la casa del Gárrulo, el primero en hablar es Tito quien dice "que bonita pareja, Ustedes se ven muy bien." ¿"Usted se encuentra"? pregunta Laura. "Yo creo lo mismo Tito" dice Gárrulo. Luego de que los tres se ponen a conversar acerca del retorno de Gárrulo, suena el timbre. Laura es quine se asoma hasta la puerta. Este es Rey quien también viene a ver al Gárrulo. "Hola compañero ¿Cómo se siente?" dice Rey. "Yo estoy muy bien. Pero me siento mejor al saber que yo solo me comí las aceitunas rellenas de pimientos rojos, y no el chivo sabroso aquel. Sabes el hombre esta preso. Si Paco el dueño de los restaurantes esos que venden las diferentes carnes guisadas bien sabrosas y baratas." Le dice Gárrulo a Rey mostrando un alto grado de sarcasmo. Pero Rey solo baja la cabeza sin responderle a

Gárrulo. "Oye ¿pero como tu te diste cuenta de eso? Eso acaba de ocurrir hoy mismo y tu acabas de salir del hospital." Dice Tito. "Yo no estaba solo en ese hospital. Pero mucho menos estaba todo el tiempo en cuidados intensivo enserado en una habitación. Últimamente yo estaba junto con más personas que eran visitadas por familiares los cuales yo pude ver y hablar hasta el último día que yo estuve allí. Esa información yo la obtuve hoy mismo en el hospital al tiempo que arreglaba mis pertenencias para salir del ahí."dice Gárrulo. "Bueno Laura y yo no hemos venido aquí para hablar de Paco y sus porquerías. Es un poco mas serio lo que tenemos que tratar. Como tu bien sabes Gárrulo, tú fuiste el que alertó a Laura a cerca de quien pudiera ser el, o los responsables de la desaparición de Pucha la Hermana de Laura. Yo pude conseguir que se reabriera la investigación de dicha desaparición" dice Tito. "Yo siempre he dicho que al final toda la verdad será conocida y eso me hará sentir feliz."dice Gárrulo. "Cuñado yo lo único que haré es escuchar porque yo no tengo la menor idea de lo que ustedes están hablando"dice Rey. "Cuñado luego usted sabrá. Pero bueno nosotros tenemos que comenzar a indagar sobre esto lo más rápido posible. Mañana yo personalmente iré a visitar a la vieja Melinda." dice Tito. "Esa vieja tiene mucha malicia. Ella pudo manipular a mi padre por mucho tiempo. La gran diferencie en este caso es que Tito es un profecional capacitado y mi padre no sabia siquiera leer o escribir. Me gustaria oir lo que ella te responderá cuando tu le preguntes por Pucha" dice Gárrulo. Las horas han pasado y el tiempo de partida ha llegado para todos los presentes dejando al Gárrulo solo en su casa.

Después de todos haberse marchado de la casa del Gárrulo este se pone a meditar acerca de todo lo que esta pasando. Pero de repente el Gárrulo se rasca la cabeza. Luego toca la mesa con su mano derecha diciendo "Oye déjame visitar a esta mujer. Creo que ella pudiera tener importantes informaciones que ofrecer" El Gárrulo toma el teléfono y llama un taxi y le ordena al taxista que lo lleve a un lugar llamado barrio lindo. El Garrulo le ordena al taxista que lo espere no importa el tiempo que se tome; que el le pagaría lo que sea. El Gárrulo llega al barrio lindo. El Gárrulo esta buscando a una antigua prostituta llamada Chula quien trabajó para la vieja Melinda muchos años atrás. Esta mujer le contó al Gárrulo a través del programa de radio que ella fue muy maltratada por la vieja Celinda en el prostíbulo después que esta dejo de producir lo que siempre produjo al no poder acostarse con la misma cantidad de hombres. Tan pronto el taxista llega al lugar indicado, Gárrulo se desmonta del carro el cual es estacionado frente al callejón donde vive la Chula. El Gárrulo carga consigo una grabadora. Tan pronto Gárrulo llega hasta la casucha donde vive la Chula el toca la puerta ¿"Quien es? pregunta la vieja al tiempo que abre la puerta. "Hola ¿como esta Chula? Yo soy el Gárrulo loco de la radio ¿Recuerdas todas las llamadas que tu me heces cuando estoy en el aire?" Pregunta el Gárrulo "Papi y como no boy a recordar eso. Yo estoy vieja pero no loca chulo. Entra ¿en que te puedo ayudar amor mío? ¿Que te trae por aquí chulo?" dice la vieja. "Fíjate Chula, yo vine para ver si tu recuerdas a una jovencita quien quizás trabajo en el prostíbulo de Melinda para el tiempo que tu trabajaste para Melinda." dice Gárrulo. ¿"Papi pero tu me esta gravando? Tu no me dijiste que esto estaría gravado" Pregunta Chula. ¿"Que no quiere que te graves? Pregunta Gárrulo "Papi no hay problema; gravadme todo lo que tu quiera. Yo solo quería saber para hablar lindo y con estilo chulo; tu sabes yo siempre he sido una mujer con estilo. ¿Pero como se llama esa mujer?" pregunta Chula. "El nombre de la jovencita era Pamela Cabral. Pero le decían Pucha y ella era de la provincia Valverde Mao." Dice Gárrulo. "Pamela Cabral, Pucha, Pucha; ese nombre me suena conocido. Oh si Pucha la que salio preña en el bar. Pero a ella no era conocida como Pamela. Ella era conocida solo como Pucha. Oh pero ella se murió. Si. Si ella se murió porque Melinda la puso a trabajar con seis meses de embarazo y unos malandrines guebuses las utilizaron tres veces en una noche y ella se desangró. Si hombre yo recuerdo que cuando ella murió, Melinda mando ha que la entierren en el patio del bar. Hay hombre que pena me dio eso a mi. Mira que yo soy una mujer que no me anda dando pena por todo. Pero eso me toco el corazón" Dice Chula. "Pe, pe, pero Chula ¿Qué, que pasó con el niño?" Pregunta Gárrulo con los ojos humedecidos y casi al punto de ponerse a llorar. "El niño, el niño se salvo; si ombe coño el niño se salvo. Lo único que la sucia esa de Melinda se lo llevó al orfanato. Pero papi quiero que sepas que esa Melinda es y siempre fue una sucia. Esa no tiene ni tendrá nunca el perdón de Dios. Esa sucia tiene mucho que pagar en su conciencia. Mira cuando yo estuve trabajando en su negocio, a mi me pegaron gonorrea, sífilis, chancro, creta de gallo y las ladillas yo las tenia hasta en las pestañas. Mírame como yo estoy vieja, arrugada y enferma. Yo ni con la boca ya puedo hacer mi trabajo. Pero lo peor del caso es que ese a sido el único trabajo que yo pude aprender ha hacer. En el negocio de Melinda, yo era la que mejor hacia el trabajo con la boca, como también yo era la que mejor lo hacia con el trasero y mucho mejor todavía lo hacia con el delantero. Ahora no lo puedo hacer porque yo perdí todas las herramientas que se necesitan para hacer ese trabajo. Muchas gentes quizás creerán que ese es un trabajo fácil. No, no lo es. La mujer que hace ese trabajo tiene que tener un buen motor y bien lubricado. De no ser así, el carro completo se rompe. Fíjate los hombres de ahora le gustan las mujeres flacas y con mucho huesos. Al los hombres de antes les gustaban las mujeres con grandes tetas y mucho culo. Yo tenía todo eso. Pero ahora yo no soy la misma. Yo deje de ser la mujer fuerte y fogosa que yo era. Eso se lo debo yo a la sífilis más que a la gonorrea. La sífilis ha sido la que mas me ha golpeado. Los huesos no me sirven. La sangre no me sirve. Hasta la sonrisa se me ha dañado porque perdí todas mis dentaduras. Pero papi ya debo de para con mis predicas y llantos... Oye refiriéndome al orfanato yo si recuerdo que el director del orfanato era un macho de hombre tan buen mozo. Lo malo de esto era que a el no le gustaban las mujeres. Si papi, el nombre de ese macho era Buenaventura. Yo siempre estuve loca por ese macho de hombre. Pero tu sabe que cuando el quiere ser ella, eso es lo que siempre pasa. Uno como mujer se queda con el gusto adentro como me quede yo con ese hombre. Pero fíjate, yo creo que el murió" dice Chula. Luego que Chula termina de hablar, la Gárrula saca $10,000 pesos del bolsillo y se lo regala a la vieja Chula "hay chulo gracia, muchísimas gracias. Tu no sabes lo bien que me caen esto centavitos. Yo no tenia ni con que comprar azúcar para hacer un te" dice Chula al tiempo que el Gárrulo dice "Chula las gracias te la doy yo a ti por tu importantísima información. Espero que sigas llamándome al programa" El Gárrulo se marcha para su casa en el mismo taxi. El Gárrulo no le informa a nadie a cerca de lo sucedido.

El día siguiente Tito se dirige hasta el prostíbulo de Melinda en horas de la mañana. Tan pronto Tito llega a la casona de Melinda la primera en atenderlo es una de las nietas de la vieja Melidan quien esta encargada de recibir las visitas. Tito entra a la casa pasando cerca de Lolita quien se queda mirando a Tito de tal forma como si ella lo estuviese invitando a compartir con ella. Tito y sus dos compañeros son llevados hasta donde se encuentra la vieja Melinda la cual desde que los ve dice "Carajo si no estuviera tan vieja, yo me encargaría de ti. Yo no dejaría que ningunas de las muchachas te atendiera. Ese seria mi trabajo. Pero lo más importante que no te cobraría ni un solo centavo. ¿En que te puedo ayudar chulo? Dice Melinda. . "Doña Melinda nosotros venimos en representación de la procuraduría en busca de cualquier información que nos pudiera ayudar ha saber el paradero de una joven que trabajó para usted muchos años atrás. El nombre de esa jovencita ahora una mujer madura es Pamela Cabral y de apodo le dicen Pucha." Dice Tito. "Pucha, fíjese joven yo no recuerdo a nadie con ese nombre. Que yo recuerde aquí nunca ha trabajado nadie con ese nombre" dice la vieja. ¿"Usted recuerda al señor Pancho Soñé el que vivía en un campito de la provincia Valverde?" "Bueno a Pancho si conocí. Pancho Soñé ya murió. Pero a la tal Pucha esa si que no la conocí. Ese nombre nunca existió en este negocio..." Dice la vieja Melinda. ¿"Usted nunca empleo a ninguna mujer de la provincia Valverde?" pregunta Tito. "Fíjese usted joven a mi negocio han venido chicas de todo el territorio nacional. Yo tengo más de 45 años en este negocio. ¿Usted cree que yo recordaré a todas esas chicas que han trabajado en este negocio? Caño jamás, jamás podré recordar me." Dice Melinda. ¿"Usted no tiene un archivo con los nombres de las trabajadoras que usted ha tenido.?" Pregunta Tito. "Oye y ¿para donde tu quieres llegar con esto coño? Ya te dije que yo no conozco ni conocí nunca a ninguna jodia Pucha. ¿Que diablo tú quiere? No me jodas más. Ya no te respondo ningunas de tus jodias preguntas. ¿Cómo diablo yo me boy a recordar de todas las putas que han trabajado aquí coño?" dice Melinda. "Esta bien señora. Perdone si le dije algo que la pudiera enojar. Muchas gracias por recibirnos" dice Tito quien sale del prostíbulo de la vieja Melinda con sus dos compañeros y sin ningún tipo de información o pista para localizar a Pucha.

Después que Tito sale del prostíbulo de la vieja Melinda, el se dirige hacia su despacho. El resto del día es utilizado por Tito para contactar otros prostíbulos en busca de posibles pistas. Al llegar la tarde Tito se da cuenta de que si es cierto lo que dijo el Gárrulo no será fácil probarlo. El día de trabajo es completado y Tito sale del trabajo en dirección a la casa de Laura quien impacientemente espera los resultados de la visita de Tito a la casa de Melinda. Laura no fue a visitar a Gárrulo porque estuvo muy ocupada en el trabajo y porque también quedo de encontrarse con Tito en su casa. Tito llega a la casa de Laura en el momento en que esta se encuentra en la cocina preparando algo de comer. Tan pronto llega Tito Laura se sienta en la sala como si ella fuese la visita, en espera de lo que Tito le diría. Tito le cuenta a Laura lo sucedido en la casa de Melinda. Laura se para de su silla y con lagrimas en los ojos dice "Sabes que" Es probable que nunca sepamos del paradero de mi hermana. Pero yo sigo creyendo que es posible." De repente suena el teléfono. Laura se para de su silla y toma el teléfono "Hola, ¿quien es? Carmelo. ¿Cómo estas, como te siente?" pregunta Laura. "Me alegro que te sienta bien. Perdona que no pudiera ir a verte hoy. Tengo algo muy importante que hacer. Oh si el esta aquí. ¿Quiere hablar con el?" dice Laura al tiempo que le entrega el teléfono sin ante decir "Tito es Carmelo. El quiere hablar contigo." Tito toma el teléfono ¿"Hola Gárrulo Como estas? Oh si no hay problema. ¿Cuando tú quiere que te veas? Pues esta bien mañana por la mañana yo iré a verte en tu casa." Le dice Tito al Gárrulo. Pero más adelante Tiíto le dice a Laura "Estoy muy de acuerdo con lo que tú dijiste. Es probable que no demos con el paradero de tu hermana. Pero creo como tu; que es posible de que si, podamos dar con el paradero de ella sea como sea." Laura se levanta de su silla en llanto al tiempo que Tito la abraza dándole todo su apoyo. Luego que Laura se relaja Tito se marcha del lugar dirigiéndose hasta su casa donde es esperado por su esposa July. Cundo Tito entra ha su casa July lo espera con un caluroso abrazo y besos diciendo "Amor mío te cociné lo que te gusta. Tuve mucho trabajo hoy pero saque tiempo para cocinarte tu plato preferido." "Gracia amor mío, gracias; en realidad tengo mucha hambre. Estuve en la casa de Laura. Ella me brindo comida y yo sabiamente no comí pensando que tu me tenia algo bueno. Y así es." Dice Tito. "Mi amor pero tu no sabes que Rey me llamo. ¿A que tu no sabes lo que me dijo?" dice July. "¿Que te dijo?" pregunta Tito. "Rey me dijo que el Gárrulo salio para la calle anoche mismo. El salio del hospital como a las tres de la tarde y a las cinco de la tarde después que tu y Laura se despidieron del el en su casa, el llamó un taxi y se fue; nadie sabe para donde. El no le dijo a Rey donde el estuvo. Ese Gárrulo esta pasao. Tu te imagina un hambre que acaba de salir del hospital después de tener una operación tan complicada como la que el tuvo y luego irse para la calle tan rápido." Dice July. "Tu sabes que cuando Gárrulo quiere hacer algo, no es fácil detenerlo. Eso mismo sucede cuando el tiene que decir algo. Nada ni nadie lo detiene. Yo creo que como el Gárrulo hay pocas personas. Desde que yo lo conocí por primera vez, el me dio la impresión de ser una persona de bien. Lo único que tu tiene que detenerte a oírlo. Si tu no te permite oír lo que el tiene que decir, tu nunca lo llegaría a conocer. Al contrario, lo que tu terminaras haciendo, es lo mismo que hacen lo que no lo escuchan bien; odiándolo o diciendo que el es loco. De lo que si tu puedes estar segura, es que si el Gárrulo salio de su casa tan rápido después de salir del hospital, algo muy importante el tenia que hacer." Dice Tito. "Mi amor yo te entiendo. Pero yo creo que si el tenia algo tan importante, ¿porque el no pudo tener la suficiente confianza en las gentes que lo aprecian y pedir ayuda? Dice July. "Bueno tu tienes razón. Pero lo mejor que nosotros debemos de hacer es esperar que el nos diga la razón por la cual el no hizo lo que tu acaba de decir. A propósito yo hable con el hoy, y quede de verme con el mañana. El no me mencionó nada de esto." Dice Tito. .

El día siguiente Gárrulo se encuentra en su casa mirando la televisión cuando de repente un boletín informativo relacionado al apresamiento de Paco interrumpe el programa visto por Gárrulo. El boletín dice lo siguiente "Este nuevo boletín informativo es para informarle al público que el señor Paco no tan solo vendía carne de burros, caballos y perros, sino también que el vendía carne humana, de ratas, gatos y guisado de lombrices de tierra. Todas las personas que tuvieron en cualquiera de los tres restaurantes de el señor Paco, o todas las personas que perdieron a un ser querido y que todavía no sepan de su paradero deberán ir al centro de salud mas cercano y a la procuraduría para que sean entrevistados y así poder determinar si han sido contagiado con algún tipo de enfermedad infecto contagiosa o con algún tipo de parásitos como también para poder localizar a los desaparecidos" Luego del boletín el Gárrulo murmura "Coño este tipo tiene timbales. ¿Cómo rayo el pudo hacer lo que el hizo por tanto tiempo? Lo peor del caso es que tantas veces que yo hable de este problema y nadie quiso hacerme caso. Yo entiendo que hay razas que las gentes quizás comen este tipo de carne. Coño pero en mi país no se come gente. Aquí las gentes no estamos acostumbradas a comer ratas, gatos, burros y caballos; pero mucho menos a comer guisado de lombrices. Quien sabe que otra cosa disgustarte este buen péndejo pudo estar vendiendo en sus restaurantes" De repente suena el timbre de la puerta. El Gárrulo se levanta de su silla abre la puerta notando que Tito es quien vino a verlo. "Hola Gárrulo ¿Cómo estas?" dice Tito. "Yo estoy muy bien. Yo me siento como un trinquete. Siéntate por favor" dice Gárrulo. Tito tomo asiento en una silla forrada con cuero de chivo el cual Gárrulo usa para las visitas. Luego que Tito esta sentado en la silla el Gárrulo le brinda una copa de un vino Francés muy bien añejado el cual el conservas para las visitas espaciales como lo es Tito para el. Gárrulo es el primero que dice "Tito ¿Cómo te fue con la vieja Melinda?" "No pude conseguir nada de ella. Ella dice que no conoce a nadie con el nombre de Pucha. Yo hasta le pregunte si ella no archiva los nombres de las mujeres que han trabajado para ella en su prostíbulo. Pero para mala suerte mía, lo que pude conseguir de ella fue un gran enojo" dice Tito. "Basura, pura basura; esa vieja sabe mas que el mismísimo diablo. Esa vieja es el antitesis de la vergüenza. Yo no me acabo de explicar como es que puede haber gentes que después de ponerse tan y tan vieja y después de haber sido tan perversas como lo ha sido esa vieja verde, en vez de cambiar para bien, lo que hacen es elevar sus perversidades un grado más alto que el propio superlativo de la maldad. Esa vieja es una mentirosa." Dice Gárrulo. "Yo te creo Gárrulo Pero en este momento nosotros no contamos con suficientes pruebas para probar eso que tu dices" dice Tito. "Ja, ja, ja, ja; no relaje hombre, ja, ja, ja" se ríe el Gárrulo ¿"Que te pasa porque te ríes"? pregunta tito ¿"Que tu no tienes pruebas?. Quiero que sepas que eso es cosa del pasado" dice Gárrulo. ¿"Cosa del pasado?; ¿Que tu quieres decir con eso Gárrulo?"Dice Tito. "Quiero que te tome un trago de vino en nombre de lo que tu vas a escuchar ahora mismo" dice Gárrulo al tiempo que enciende la grabadora con las palabras de la Chula. Tito escucha una y otra ves las grabaciones donde la Chula explica no tan solo que paso con Pucha, sino también donde la enterraron. Pero más aun que paso con el niño y para donde fue llevado y a quien se lo entregaron. Tito esta anonadado. El no sabes que decir o que hacer. Lo único que le llega a la mente es llamar a Laura para pactar verse con ella.

El próximo día Tito se levanta bien temprano y antes de dirigirse hacia su trabajo, se dirige hasta la casa de Laura la cual impacientemente espera por él sentada en la sala de su apartamento. Laura esta sentada en su silla por mas de media hora, de repente el ruido del timbre de la puerta frontal del apartamento hace que Laura abruptamente se levante de su silla y corra hacia la puerta para percatarse de quien pudiera ser.. Tan pronta Laura abre la puerta nota que Tito es quien timbró la puerta. De repente Laura le da un beso en la mejilla mientras Tito le responde con un caluroso abrazo y luego dice "Laurita tengo algo muy importante pero también muy doloroso que mostrarte." "Estuve esperándote con la mente totalmente abierta y apta para poder oír cualquier cosa que tu me tengas que decir" dice Laura. "Bueno quiero que te sientes y si quiere busca dos tasas de café para que mientras tu escuche esto nos vallamos tomando el café." Dice Tito. "El café esta listo. Yo preparé café con anticipación porque sé que a ti té gusta tomarte tu tasita de café por la mañana"dice Laura. Laura busca las tasas de café mientras Tito espera en la sala. Luego los dos amigos se sientan y comienzan a escuchar las grabaciones hechas por el Gárrulo con las palabras de la Chula.

Con su mano derecha tocándose la mejilla y la casi terminada de tomar tasa de café en la mano izquierda, Laura se encuentra muy concentrada escuchando la grabación con las afirmaciones de la Chula. Pero de repente cuando Laura escucha que la Chula dice que Pucha murió, Laura no se puede contener sin ponerse a llorar. Luego mostrando un profundo dolor, Laura dice ¿"Caramba como pueden haber gentes tan despiadadas? ¿Cómo es posible que todavía existan gentes de tal calaña? Mi pobre hermanita murió desangrada sin que nadie pudiera ayudarla. Lo que mas me duele es saber que ella murió de esa forma y yo no pude estar presente para ayudarla. Tito eso duele en el alma. Eso duele mucho, mucho. Eso duele en lo mas profundo del alma." Tito se acerca a y abrasa a Laura dándole todo el apoyo moral posible para que ella se pueda calmar. "Laurita yo se el gran dolor que tu debes de estar sintiendo en este momento. Pero ahora lo que tenemos que hacer es no llorar, sino buscar los culpables de este odioso crimen y hacer que ellos paguen por el" dice Tito. Laura alza su cabeza, se remueve el pelo que le cubre el rostro el cual esta mojado por las lágrimas. Luego de Laura secarse las lagrimas de sus ojos, mira a Tito con una mirada de acero muy penetrante al tiempo que dice "si Tito si, los responsables de este horrendo crimen tienen que pagar por el. Pero tienen que pagar de acuerdo a lo que dice la ley. Tito hay mucho trabajo que hacer." "Si Laura tenemos mucho trabajo por delante. Lo primero que tengo que hacer hoy mismo es conseguir una orden de cateo. Tengo que conseguir una orden para registrar la casa de Melinda por fuera y por dentro. Tendré que buscar una excavadora para poder excavar el lugar donde enterraron a Pucha. Eso tiene que suceder con el mayor secretismo posible. Esas gentes no pueden enterarse de esto. Por esa razón tan pronto yo consigas la orden del juez, procederé inmediatamente con la excavación. Otra cosa Laura; quiero que te presente mañana por la mañana al departamento de ingeniería genética y patología forenses para que se te practique la prueba de ADN. Como ustedes eran hermanas gemelas de esa manera podríamos comparar tu ADN con el ADN del cuerpo que encontremos en el patio del prostíbulo para de esa forma poder identificar el cadáver de tu hermana. Creo que la prueba no seria muy difícil de conseguir por esta ser tu hermana gemela" Dice Tito al tiempo que se despide de Laura dirigiéndose hacia la procuraduría desde donde el tramitará la orden para poder registrar la casa de Melinda por dentro y por fuera.

Tan pronto Tito llega a la procuraduría, lo primero que hace es llamar al juez de turno y someter la petición de la orden de cateo para registrar por fuera y por dentro la casa de la vieja Melinda. Luego de Tito explicarle al juez las razones y las causas probable de que en ese lugar se cometió un crimen, el juez le otorga la orden a Tito inmediatamente y sin ningún titubeo. Tito consigue dicha orden, inmediatamente busca los hombres de su confianza que el havia seleccionado, como también la excavadora y todas las herramientas necesarias para llevar a cobo dicha operación. A las dos y media de la tarde de ese mismo día, Tito se dirige hacia la casa de Melinda con un equipo completo de investigación criminal. A las dos y cuarenta y cinco Tito llega al prostíbulo de la vieja Melinda con un contingente de investigadores y equipos de investigación. Todos los allí presentes se encuentran sorprendidos y confundidos por lo que esta ocurriendo. La vieja Melinda no puede creer lo que esta mirando y por eso dice ¿"que significa todo esto? ¿Estas gentes se ha vuelto loco"?. Pero de repente mientras Tito y sus hombres comienzan a trabajar arduamente excavando y registrando todo el entorno tanto por fuera de la casa como por dentro, la vieja Melinda simula ponerse mala lanzándose al suelo y temblando como si se estuviera congelando de frío. Tito se percata de lo que esta sucediendo con la vieja y por esa razón detiene la excavación por un momento y procede ha llamar la ambulancia para que la vieja sea llevada al hospital. La ambulancia llega; 10 minutos mas tarde, y se lleva la vieja. La excavación continúa de inmediato. De repente uno de los investigadores descubre una copia de cheque dentro de un vaso muy viejo con una etiqueta mostrando la cara de San Antonio. Dicho vaso havia sido usado como velón. Este cheque tiene la co-firma de la vieja Melinda para pagar un trabajo hecho al cuarto numero quince. Pero lo mas importante es que cuando el investigador verifica la autenticidad del cheque, se da cuenta que la persona que en realidad firmó dicho cheque fue Pamela Cabral lo que prueba que cuando dicho cheque fue firmado, Pucha estaba registrada como la persona que ocupaba el cuarto numero quince durante esa fecha. Esa evidencia podría ser utilizada en contra de la vieja y sus secuaces por la desaparición de Pucha. Lo malo del caso es que este cheque no es suficiente para acusar la vieja de la muerte de Pucha porque no hay un cadáver. Pero de repente Tito nota que al tiempo que la excavadora excava en el lugar que la Chula dijo que fue enterrado el cuerpo de Pucho, un hueso de una de las extremidades superiores de un esqueleto humano sale a la superficie. Pero para sorpresa de todos los allí presentes, mientras mas se excava, mas huesos humanos salen hacia la superficie; hasta encontrar la cabeza de lo que se presume ser un cuerpo humano. La excavación continúo hasta colectar la totalidad de huesos que conforman un esqueleto humano. Después que termina el registro de toda la casa como también del patio, los huesos encontrados son llevados de inmediato al departamento de patología forense donde de inmediato se les comenzó a practicar todos los estudios necesarios para la identificación del cadáver. Mientras que el resto de las evidencias colectadas son depositadas en el centro de evidencias criminales del departamento de justicia.

Dos semanas han pasado después que el ADN de Laura fuera llevado al mismo laboratorio donde se encuentra el ADN del cadáver encontrado en el patio del prostíbulo. Tanto Laura como Tito se encuentran en la casa del Gárrulo ansiosos por saber los resultados. Pero en ese momento el Gárrulo dice "fíjense como son las cosas. En este momento nosotros estamos esperando los resultados de estas pruebas de ADN para determinar si el trabajo hecho ha sido efectivo. Lo malo de esto es que si al final suele ser que dicho trabajo ha sido efectivo, esto solo significaría que Pucha esta muerta y no desaparecida. Si por el contrario el trabajo resulta ser un fracaso, esto significaría que Pucha todavía pudiera quedarse en estatus de desaparecida y esto por si solo significaría que ella pudiera esta viva y volver a vivir con sus familia" Laura mira detenidamente al Gárrulo y luego dice "Carmelo es cierto lo que tu dices. Pero ya el tiempo que ha transcurrido anulo esa posibilidad casi en su totalidad. Además todas las informaciones como también las hipótesis hechas por nosotros mismos incluyéndote a ti, mas las nuevas informaciones que tu mismo ha podido recopilar, nos dice que mi hermana esta muerta. Es por esa razón que yo en este momento estoy esperanzada de que esta investigación sea positiva y que este sea el cadáver de mi hermana. De esa forma nosotros podríamos castigar a los responsables. Pero mas importante, sanar muchas de las heridas creadas por esta perdida."Dice Laura. El Gárrulo mira a Laura con gran simpatía y dice "estoy totalmente de acuerdo contigo Laurita; totalmente de acuerdo" Tito escucha la conversación de Laura y el Gárrulo pensando que el argumento hecho por el Gárrulo no es mas que la manifestación de la forma de pensar del Gárrulo. Tito piensa que cuando el Gárrulo hace un comentario acerca de algo, el trata de hacerlo desde todos los ángulos. Tito piensa que si lo dicho por Laura pudiera ser racionalmente correcto, lo dicho por el Gárrulo pudiera ser dialécticamente lógico. Por esa razón el decide no intervenir en dicha conversación. Pero en el mismo momento que Tito razona acerca de la conversación de Laura y el Gárrulo, el teléfono celular de Tito suena. El científico encargado de hacer la prueba comparativa del ADN del cadáver con el ADN de Laura, le informa a Tito que los resultados de dicha prueba han sido positivos. El cadáver encontrado en el patio del prostíbulo pertenece a la hermana gemela de Laura. De repente Tito abraza a Laura y luego abraza al Gárrulo y luego dice "Laurita tenemos que prepararlo todo muy bien para darle sepultura a los restos de tu hermana Pucha. Ya sabemos que tu hermana murió por desangramiento en ese prostíbulo y ya tenemos el cuerpo. Ahora meteremos en la cárcel a todos los responsables. Desde este momento la vieja Melinda y todos sus secuaces están bajo custodia en espera de una acusación formal.

Tres días más tarde los restos de Pucha son enterrados en el pequeño cementerio del campito perteneciente a la provincia de Valverde Mao donde vivía Pucha y donde están sepultados los restos los padres de la misma. Durante dicho entierro Laura comenta "cosas como estas compromete a uno a no sorprenderse de nada hacho por el ser humano. Hay veces que me siento como si no me extrañara nada hecho por el ser humano" "Yo pudiera estar en total acuerdo contigo si todos los seres humanos fuésemos iguales. Yo pienso que una de las cosas que nos diferencian a nosotros como seres humanos, es el hecho de que existimos humanos buenos como también humanos malos. Uno lo que si tiene que hacer es dedicar el tiempo necesario para poder identificar los seres humanos malos y así uno poder apartarse de ellos. De esa manera uno pudiera extrañarse de los errores cometidos por los seres humanos buenos y no sorprenderse de las maldades cometidas por los seres humanos malos. Si tú te consideras una buena persona, trata de proyectar tu bondad hasta cuando tú tengas que juzgar a otro. El ser humano usualmente usa su propia prerrogativa al tiempo de juzgar a los demás. Si tú sigues esa premisa eso te permitirá proyectarte como una buena persona y ser una buena persona. Te digo esto Laura porque yo se que tu eres una buena persona" Dice Gárrulo.

Tan pronto el entierro termina y todos los allí presentes se disponen a salir del pequeño cementerio, el Gárrulo dice "bueno ya esta claramente establecido, lo que en realidad pasó con Pucha. Pero ahora lo que falta es saber que paso con el niño." Tito mira al Gárrulo y luego dice "parece que además de tu poder decir cosas con sentido, ahora tu también lees la mente. Eso mismo estaba yo pensando. Esta misma tarde yo visitaré el lugar donde se archivaron todos los datos referentes al orfanato donde la Chlula dice que se llevaron al niño. También tengo que ir al archivo de la oficina de datos civiles para obtener los datos de quien, como y porque este niño fue adoptado. Pero luego que consiga toda esas informaciones, procederé a localizar al niño quien hoy tiene que ser un hombre de por lo menos 37 anos de edad.:" Después que todo lo concerniente al entierro es terminado tanto Tito, el Gárrulo, Rey, Laura y July sienten que necesitan algo de comer por estos estar sin comer durante todo el día. Esto hace que todos se pongan de acuerdo en comprar comidas rápidas y llevársela para la casa de Laura y allí poder comer algo.

XXXXX

El día siguiente Tito se dirige hasta el antiguo orfanato donde la vieja Melinda entregó al niño. Cuando Tito llega al lugar encuentra que ese lugar ya no es un orfanato sino un colegio de primaria. El director lo lleva al salón donde se encuentran todos los recuerdos del orfanato. El director también le enseña la foto del creador del orfanato en compañía de su hijo que en ese momento tenia dos años de edad. El director dice "Este es el hijo único del director. El nunca se caso. Se dice que este niño fue adoptado por el después que su madre lo abandono. La madre del niño nunca lo reclamo y así se que do todo. El quiso mucho a este niño." Tito se detiene a mirar la foto del niño sin dejarle saber al director que en realidad ese es el niño que el anda buscando. De repente Tito dice ¿"Señor director usted crees que todas las actas de nacimientos de estos niños pueden ser encontradas en el archivo de la noción en un solo filio y a nombre del orfanato?" "Si como no. Mire usted tenga este numero de teléfono. Llame a este señor y dígale que yo lo mande. El con lujo de detalle le dará todas las informaciones que usted necesite con relación a este orfanato. Todo esta muy claro." Dice el director. "Muchas gracias señor." Dice Tito.

Tito se dirige hasta el archivo general de la nación. Allí se encuentra con la persona que le recomendó el director de la escuela primaria donde estaba ubicado el orfanato donde llevaron el hijo de Pucha. Tito consigue todas las informaciones referentes al hijo de Pucha. Pero en este momento Tito comienza a sentirse un poco sorprendido con todas las informaciones que el a recopilado acerca de este caso en tan poco tiempo. El nombre del niño ya esta claramente establecido. El nombre es Ramón Buenaventura Jr.

Después que Tito termina de investigar todos los pormenores del caso en el archivo general de la nación, decide ir a la junta central electoral en busca de la cedula perteneciente a dicho nombre. Pero en ese momento Tito se encuentra un poco agotado y decide dejar lo de la cedula para el día siguiente. Por el contrario Tito decide ir a visitar al Gárrulo. Tan pronto Tito llega hasta donde el Gárrulo, se sienta en otro sillón de cuero de chivo que le regalo Laura al Gárrulo y el cual el también usa para las visitas. "Parece que tuviste mucho trabajo. Primera vez que te veo agotado. ¿Qué pasó?" dice Gárrulo. "Tu no te imagina. Estoy trabajando sin parar desde que registramos la casa de la vieja esa." Dice Tito. ¿"Pero que conseguiste en esta nueva investigación?" Pregunta Gárrulo. "Bueno encontré al niño. Pude saber el nombre del niño y también conseguí el acta de nacimiento. Mañana boy a la junta central electoral para buscar la cedula y la foto correspondiente a este acta de nacimiento y de esa manera identificar físicamente el hijo de la difunta Pucha." Dice Tito. ¿"Pero cual es el nombre del niño? Dejame ver el acta y el reporte del antiguo orfanato sobre la vida del que fuera dueño y padre adoptivo del niño" dice Gárrulo "El nombre del niño es Ramón Buenaventura" Responde Tito. "Ramón Buenaventura, Ramón Buenaventura; fíjate Tito no quiero sonar como un sabelotodo pero ese no era el nombre de Mon y su padre adoptivo por igual. Mira a mi nadie me va a convencer de que ese no era el difunto Mon." Dice Gárrulo. ¿"Porque tu dices eso Gárrulo?" pregunta Tito. "Pero fíjate. De acuerdo a lo que dijo la Chula y lo dicho por Mon en vida acerca de quien fue su padre, el dueño del orfanato era Ramón Buenaventura el mismo nombre que Mon decía ser el de su padre y por esa razón el nombre de Mon era Ramón Buenaventura Jr. Mon siempre dijo que su padre se mudo de la capital para San Pedro d Macorís; lo mismo que hizo este hombre. ¿Qué mas tu quiere Tito; que mas?" dice Gárrulo. "Tito se levanta del sillón, se rasca la cabeza y con un tono un poco abochornado dice "parece que el agotamiento me esta haciendo perder el sentido común. Mas claro de ahí no canta un gallo. Tu tienes mucha razón Carmelo; mucha razón."

Después que Tito dice esas palabras, el Gárrulo dice "Yo siempre dije, digo y diré que el tiempo dirá la ultima palabra. Mon era el hijo de Pucha. Yo creo que yo tenia razón cuando yo decía que el tenia un tipo de deficiencia de carácter que no lo dejaba funcionar como hombre. El siquiera podía enamorar una mujer." "Esta bien Carmelo, ya no me recuerdes mas eso. Mon era una bella persona y así quiero recordado. Es irrelevante hablar en estos momentos de cualquier deficiencia de carácter que el tuviera. Ahora lo que vale es saber quien lo mató. Pero tenlo por seguro que después que hagas que los responsables de la muerte de Pucha paguen por su crimen, no descansaré en encontrar el o los culpables de la muerte de Mon. Pero Gárrulo hazme el favor y llámame a Laura. Dile que la estaré esperando aquí en tu casa." Dice Tito. "Muy bien amigo así lo haré" dice Gárrulo.

Mientras Tito descansa en el sillón, el Gárrulo prepara dos copas de vino seco rojo. Cuando el Gárrulo le pasa una de las copas a Tito al tiempo que choca su copa con la de Tito y dice "brindemos por el éxito que tu has tenido en esta primera fase investigativa" "Salud" dice Tito. Luego que los dos amigos terminan de tomarse las copas de vino, llega Laura. Esto hace que Tito se detenga a explicarle todo lo ocurrido a Laura. Después que Tito le explica todo a Laura, esta se pone a llorar profundamente lo cual compromete al Gárrulo a tener que tomar a Laura en sus brazos y confortarla. De repente Laura dice "Es tan incomodo saber que ésta mujer havia estado utilizando jovencitas para convertirla en prostitutas en las caras de todos nosotros. Pero lo peor de todo es que nunca nadie hizo nada para detenerla. Tuvo mi hermana que morir desangrada y que dicha muerte fuera descubierta por Carmelo para que éste lugar pudiera ser serrado. Pero ahora lo que falta es saber quien mato a mi sobrino. Ese seria el mayor privilegio que yo me pudiera llevar el día que yo muera. Gracias Tito; gracias Carmelo. Sin ustedes estas gentes nunca hubiesen sido apresadas." Dice Laura. Pero en medio del dolor de Laura y el cansancio de Tito, el Gárrulo sorprende de nuevo al grupo cuando dice "Laura quiero que te case conmigo" Laura se levanta de la silla como si una fuerza mas fuerte que su fuerza de voluntad la obligara a pararse. Laura no sabes que decir. Tito esta anonadado y sonriente. Laura se sienta de nuevo en la silla sin decir nada hasta que el Gárrulo vuelve a decir "Laurita voy a tomar tu silencio como un si" Laura se sonríe y dice "espero que después de que yo retorne hoy a mi casa tu no cambies de ideas." Tito se para de su silla y dice "yo seré el padrino de esta boda" "Así será amigo. En cuatro meses nos casamos Laura; en cuatro meses" dice Gárrulo.

El día siguiente Tito se levanta bien temprano y comienza a prepararse para ir a la junta central electoral en busca de identificación del acta de nacimiento perteneciente a Ramón Buenaventura Jr. Tito solo quiere ver quien obtuvo la cedula bajo ese nombre. El quiere estar seguro de lo que el está haciendo. En ese momento Tito le pregunta a July "Mi amor ¿tu chequeaste el buzón ayer?" "No papi se me olvidó" dice July. Tito busca las correspondencias del buzón notando que el procurador le envió una tarjeta de invitación a su boda con Ruth. Luego a las diez de la mañana Tito sale de la casa en dirección a la junta central electoral con una orden de la corte permitiéndole a obtener la cedula creada con el acta de nacimiento del niño Ramón Buenaventura Jr. Tito es conducido al departamento de cedula. El archivo conteniendo el record de Mon es abierto. Tito se percata de que la foto de Mon esta acompañando de la misma acta de nacimiento que el obtuvo en el archivo general de la nación. Tito reacciona muy impresionado con ese nuevo descubrimiento al punto que dice "bingo, bingo, ese es Mon. Ese es Mon. El Gárrulo tiene mucha razón" Tito recibe una copia del la cedula de Mon y luego se dirige al departamento de investigaciones criminales para darle seguimiento al asesinato de Mon y así poder encontrar los responsables. .Tito luego revisa parte de las notas que el escribió durante todo el proceso investigativo al tiempo del asesinato de Mon. Tito nota que en sus notas el escribió la presencia de un pañuelo azul y blanco ensangrentado cerca del cadáver de Mon, como también cabellos humanos en la mano derecha de Mon.

Después que Tito sale del departamento de investigaciones criminales se dirige al laboratorio donde se hicieron las pruebas de ADN a todas las evidencias encontradas en la escena del crimen en busca de los resultados de dicha prueba de ADN... Luego que Tito se comunica con el encargado de hacer dichas pruebas, Tito tiene la oportunidad de conseguir replicas de las pruebas y también algunas declaraciones por escrito acerca de los descubrimientos encontrados. De igual manera Tito es informado que las únicas pruebas de ADN que todavía no están concluidas por esta no tener compatibilidad con elementos algunos son las que se le hicieron al pañuelo ensangrentado encontrado cerca del cadáver, y a los cabellos encontrados en la mano derecha del difunto. En ese momento Tito ya sabe a quien el tiene que comenzar a buscar y por esa razón desde ese momento Tito comienza la búsqueda del dueño del pañuelo encontrado al lado del cuerpo del difunto Mon, como también al dueño de los cabellos encontrado en la mano derecha del difunto.

Tres semanas han pasado después que Tito encuentra la identidad del hijo de Pucha. Pero más aun saber que dicho niño no era más que el mismo Mon... Tito y July se preparan para asistir a la boda de Pedro y Ruth. En la nueva casa de Pedro es donde se celebrara la gran boda. Pedro y Ruth decoraron la sala de la casa con todas las cosas que reflejan la trayectoria amorosa de ambos. En la sala de dicha casa están muchas fotos de ambos tanto juntos como separados en las cuales ellos exhiben las vestimentas que ellos utilizaban en dicha época... Pero también tienen artículos personales lo cuales ellos compartieron durante sus vidas de adolescentes cuando ya ellos estaban comprometidos con dicha relación amorosa. Todo ya esta listo para la boda. Solo se esperan los invitados. Pedro y Ruth solo invitaron a las personas que ellos consideran importante y poco problemática. Por esa razón aunque el Gárrulo es tan conocido en el pueblo, ellos no lo invitaron. Son las siete de la noche cuando los invitados comienzan a llegar. El patio de la casa ya esta repleto de invitados. De repente Laura hace su aparición vestida con un hermoso traje negro. Diez minutos más tarde llegan Tito y July. Tito tiene puesto un traje negro, mientras July tiene puesto un vestido rosado con cinta negra en la cintura. Después de algunos minutos Tito le comunica a Laura lo que ya ella tenia idea que sucedería acerca de la cedula de Mon. Todos los allí presentes están muy contento por la boda de Pedro y Ruth. Los padres de Ruth están impecablemente vestidos y sentados muy cerca de donde se encuentran Tito, July y Laura. Todos están comiendo y bebiendo bebidas muy buenas y caras. De repente Tito siente la necesidad de hacer lo que ya casi todos los allí presentes han hacho. Tito se para de su silla y se dispone a darse un paseo por la sala de la nueva casa de Pedro y Ruth. Pero detrás de Tito lo siguen July y Laura. Tan pronto llegan a la sala, la primera en hablar es July quien dice "papi mira esa mesa que linda. Nosotros deberíamos poner una mesa como esa en el fondo de la terraza. Ahí podemos incluso poner vino porque mira por debajo esa mesa tiene espacio para guardar vino." Pero mientras July hablas Tito ve algo que le llama mucho la atención. Tito se detiene con mucha atención observando uno de los grandes retratos de Pedro de cuando el era un adolescente. En este retrato en particular, Pedro esta vestido con un pantalón de fuerte azul, un suéter azul con rayas rojas y blancas, y un pañuelo azul con dibujos blancos amarrado en la cabeza al estilo hippie. .Al lado de Pedro esta Ruth mostrando una larga cabellera de color castaño con una blusa que para la época en Republica Dominicana los Dominicanos le llamaban baja y mama. Junto al dicha blusa Ruth también tenia un pantalón de fuerte azul muy ajustados. Lo que hace que Tito muy discretamente y sin que nadie lo vea, le tome unas cuantas fotos a dichas fotos. Horas mas tarde, la fiesta de la boda de Pedro y Ruth llega ha su fin y todos se marchan para sus respectivas casas.

El día siguiente Tito se prepara para ir a trabajar. Pero primero decide pasar por donde el Gárrulo. Tito llega donde el Gárrulo, lo primero que dice es "excusadme que vine a visitarte tan temprano. Lo hice porque yo se que tu te levantas bien temprano para ir a trabajar. Pero esta ves vine a mostrarte estas fotos que tomé con mi teléfono celular para que me digas que tu crees." "Oye estas fotos muestran lo que yo siempre he venido mencionado. Hasta que esos tipos no se pronuncien públicamente y con hechos; no con palabras, y le demuestren al pueblo que ellos cambiaron sus formas de vida, yo seguiré creyendo que ellos son unos bandidos vestidos de gentes buenas. Fíjate no creas que yo digo esto por esas fotos. Hay muchas gentes buenas que se visten peores que eso tipos. Pero con la gran diferencia de que como gentes buenas que son, le muestran al pueblo sus bondades con hechos bondadosos y no con hipocresías. Por el contrario esta pareja esta formada por un par de hipócritas arrogantes y narcisistas. Sabrá Dios todas las diabluras que esto dos han hecho sin que nadie pueda saberlo. ¿Pero porque tu me muestras estas fotos? ¿Tu me quieres decir o preguntar algo mas importante de lo que hasta ahora me has dicho?" Dice Gárrulo. "No, no, solo quería saber tu opinión al respecto. Luego te digo. Yo no quiero hacer conjeturas. Yo pienso que Pedro es un hombre respetable. Pero también tengo que saber que tu tendrás tus razones para tener el criterio que tu tienes acerca de el y su mujer. Bueno hablaremos mas tarde. Tengo que irme para el trabajo como tu lo harás también" dice Tito "Algo quiere Tito. Algo le esta molestando a Tito. Algo esta intrigando a Tito. Yo lo conozco muy bien" murmura el Gárrulo al marcharse Tito

Tito sale de la casa del Gárrulo rumbo a su trabajo con un presentimiento muy intrigante y especulativo. Cuando Tito llegas a su oficina, le llega a la mente solicitar una revisión de las evidencias encontradas en la eccena del crimen. Tito no puede quitase de la mente el pañuelo que Pedro lleva puesto en la foto que el exhibe en la sala de su casa. Es como si el sintiera curiosidad por saber algo que el piensa no saber y que lo pudiera ayudar a obtener algo muy importante in dicha investigación criminal. Por esa razón cuando Tito revisa las evidencias, le toma unas cuantas fotos tanto al pañuelo como también a los cabellos que fueron encontrados en la mano derecha de Mon. Luego Tito engrandece dichas fotos y de una manera muy meticulosa comienza a examinar y comparar parte de la estructura del pañuelo que Pedro lleva puesto en la foto con las estructuras del pañuelo encontrado en la escena del crimen. Tito no puede creer en lo que ves. Los dos pañuelos son exactamente iguales. Tanto el tejido como también el diseño de dicho pañuelos eran exactamente iguales. Pero para Tito estar mejor preparado espera que el departamento de ciencias forenses verifique dicho descubrimiento. Esta nueva etapa de la investigación pone a Tito un poco confundido. El no sabes por donde comenzar. Es como si el rumbo lógico por el cual el conduce sus curiosidades, se a convertido en algo sin forma y sin sentido. De repente Tito recibe una llamada en su teléfono de parte de Pedro diciéndole que se reporte a su oficina. Tito de inmediato se presenta al despacho del procurador. "Hola Tito ¿como estas? Gracias por estar presente en mi boda. ¿Como van las cosas con esas investigaciones?" Dice Pedro. "Procurador tengo que decirle que por el momento todo marcha muy bien" "Tito de parte de la procuraduría se te esta otorgando este regalo. Todos los miembros del cuerpo investigativo quisieron que sea yo el que te entregue este regalo de parte de todos nosotros. Yo fui el primero en reconocer el gran trabajo que tu estas haciendo por el bien de nuestro pueblo." Dice el procurador. "Muchas gracias señor procurador. Pero debo decirle que este buen trabajo no ha sido hecho por mí solamente. Si no hubiese sido por la colaboración del equipo de investigadores que me acompañó y también por la gran ayuda del señor Gárrulo todo lo que se a podido hacer no se hubiese hecho." Dice Tito. "Fíjate Tito yo quiero que este departamento pueda cumplir con la obligación de defender el derecho publico en un 99 por ciento. Yo quiero como procurador, que cuando se comience a investigar un caso, que dicha investigación dure el tiempo que sea necesario para encontrar los responsables de la violación en cuestión y procesarlos. Yo no soy de los que les gusta engavetar casos."Dice Pedro. "Estamos de acuerdo señor. Estamos de acuerdo" dice Tito antes de despedirse...

Luego que Tito sale de la procuraduría, el retorna a su oficina y se recuesta en un sofá de piel el cual el usa en los momentos de confusión y descanso. Tito queda profundamente dormido en dicho sofá. Quince minutos más tarde, Tito comienza a soñar. En dicho sueño Pedro se le presenta diciéndole ¿"Quien diablo tú crees que eres?. ¿Que diablo tú quieres probar? Las gentes como tu me dan risa. Los héroes siempre mueren primero que los bandidos. Cuida primero tu pellejo y luego cuida el pellejo ajeno." Tito se despierta repentinamente totalmente confundido. Es como si en ese momento algo lo detiene a pensar claro. El estado emocional y eufórico de Tito lo compromete a tener que ir al baño y echarse mucha agua por la cabeza. Tito luego murmura "los sueños, sueños son. Esto solo fue un sueño. Yo tengo que seguir concentrado en lo que debo de hacer y lo que yo tengo y debo de hacer es encontrar al asesino de mi amigo Mon"

El día siguiente Tito se encuentra con el Gárrulo camino a la emisora."Hola doctor ¿Cómo estas?" Gárrulo. Muy bien ¿Y tu como esta Gárrulo? Tito. "Aquí como el pan chiquito."Garrulo. "Ja, ja, ja, hace mucho que no escuchaba ese refrán. Tú siempre sales con tus cosas. Ayer por la tarde tuve un sueño muy raro con el procurador" Tito. "No me diga que te soñaste que el te estaba haciendo el amor"Garrulo. "No en serio; tuve un sueño dizque que el me estaba preguntando que quien diablo yo creo que soy. Que diablo yo quiero probar. Que si yo quiero ser héroe, que sepas que los héroes mueren primero que los bandidos. Que cuide primero mi pellejo y después el pellejo ajeno."Tito. "Oye ¿tu crees en los sueños?" Gárrulo. "Yo, bueno como tu sabes. Hay cosas que en determinado momento no tienen lógicas en el raciocinio humano pero hay momentos que a través del tiempo dicho raciocinio suelen reflejar parte de las experiencias humanas." Tito. "Bueno lo que yo te pudiera decir al respecto es que si tu crees que si el contenido de tu sueño puede llegar a convertirse en parte de tus experiencias humanas, entonces aplica tu predica a lo dicho en ese sueño. Buscadle rima con lo que esta pasando en este momento. Yo creo que tu subconsciente te esta obligando a ver y creer cosas que tu consciente rehúsas ver y creer. No se pero como yo creo que cada cosa tiene su propio misterio, el misterio que te rodea esta repleto de cosas que tu alma necesitas tener la voluntad de saber, ver y luego creer."Garrulo. ¿"Pero que aplique qué, y como lo aplico?"Tito. "Bueno si yo fuera el investigador, yo interpretaría ese sueño de una forma literal. Pero eso lo haría yo por que yo tengo un criterio muy firme y diferente al tuyo acerca de quien yo creo que ese hombre pudiera ser. Tu por el contrario tienes un criterio muy benévolo y diferente al mío acerca de el, y eso te pones en una vía intelectual diferente a la mía con respecto a el."Garrulo. Después que Tito y el Gárrulo terminan de intercambiar sus impresiones, los dos hombres se dirigen en direcciones contrarias disponiéndose a darle seguimiento a sus respectivas agendas del día...

Tres semanas depuse de Tito enviar al laboratorio todas las muestras de sangre encontradas en el pañuelo que fue hallado al lado de Mon, como también los cabellos encontrados en su mano derecha, las pruebas son completadas. En dicho pañuelo se encontró sangre con el ADN de Mon y sangre con el ADN de un desconocido. También los cabellos encontrados tienen un ADN diferente al de Mon y también diferente al otro ADN encontrado en el pañuelo. En conclusión, Tito y sus investigadores han podido determinar que en el asesinato de Mon participaron tres o más personas. Una de las cuales dejo su ADN en la sangre encontrada en el pañuelo, y la otra dejo su ADN en los cabellos encastrados en la mano derecha de Mon. Tito lleva el ritmo de la investigación a otro nivel. Una recompensa de $100,000 pesos es ofrecida a cualquier persona que pueda ofrecer información acerca de los responsables del asesinato de Mon. Pero después que Tito ofrece los $100,000 pesos de recompensa, Laura ofrece $50,000 pesos más. Ahora hay un total de $150,000 pesos de recompensa por dicha información. Por otro lado el Gárrulo ofreció transmitir diariamente los acontecimientos de dicha investigación comprometiendo a sus oyentes a ofrecer cualquier tipo de información al respecto. El pueblo entero solo habla del asesinato de Mon y los $150,000 pesos de recompensas lo que compromete a muchas gentes a querer hacer sus propias investigaciones. Esto provoca que el programa radial del Gárrulo tenga un nivel de audiencia sin precedente en la historia radial del pueblo. Pero lo mas importante del trabajo hecho por el Gárrulo es que el a puesto una foto gigantesca del pañuelo que fue encontrado en la escena del crimen y la exhibe en un mural gigantesco ubicado al frente de la emisora donde el trabaja.

El próximo día Laura se encuentra de camino a su casa cuando de repente ella nota que una mujer de aproximadamente unos 48 años de edad la esta saludando. Tan pronto Laura se acerca a esta mujer nota que es Josefa una de sus antiguas compañeras de sus estudios universitarios en la vecina isla de Cuba. "Hola Laura cuanto tiempo sin verte. ¿Qué es de tu vida?" "Ya tú ves en la lucha siempre. Oye Josefa pero que elegirá de verte."Dice Laura."Quien se imaginaria que en este pueblo se estuviera dando una recompensa de $150,000 peso por ese tipo de información. Aquí a las gentes las han estado matando peor que como se matan a los animales; y oír que están dando ese tipo de recompensa le impacta mucho a uno. ¿Pero quien fue ese tal Mon? A lo que yo puedo entender ese crimen hace mas de trece años que pasó." Dice Josefa. "Josefa Mon era mi sobrino "dice Laura. ¿"Tu sobrino? Pero Laura tu nunca me dijiste que tu tenias un sobrino" eso es una historia muy larga. Yo te la contare luego." "Tu has tenido muchas suerte Laura. De todas las chicas que fuimos a Cuba, tu eres la única que ha podido tener un trabajo bien pagado." Dice Josefa. "Pero que, ¿Tu no esta trabajando?" Laura. "Bueno yo no estoy trabajando como yo debería estar. Hay veces que yo pico algo. Pero eso no es suficiente." Josefa. "Bueno pues mañana ven a verme a esta dirección. Vamos a ver si te puedo conectar con alguien.

Fíjate yo hago esto contigo porque se que tu eres una mujer muy competente y capacitada. ¿Pero para donde tu te diriges ahora?" Laura. "Gracia por preguntarme. Fíjate cuando tu dijiste que el hombre que mataron era tu sobrino yo rápidamente pensé en los misterios de la vida. En este momento yo me dirijo hacia la casa de una mujer amiga de la novia de mi hijo que esta preso la cual dice saber algo muy negativo y feo de la jueza que condeno a mi hijo. Mira Laura mi hijo es inocente. Tú me conoces muy bien. Si yo no hubiese tenido suficientes bases para decir que el es inocente, yo no te lo diría. Tu bien sabes que yo nunca hice, ni haré fila con la sinvergüencería. Esa jueza es una malvada. Pero lo peor es que hasta me dicen que se le a visto usando drogas."Dice Josefa. ¿"Pero tu me puede explicar de que acusaron a tu hijo?" dice Laura. "Mira Laura, a mi hijo lo acusaron de asaltar a dos muchachos que todo el que los conoce sabes que esos tipos son unos delincuentes. Pero eso no es cierto. Lo que sucedió fue que mi hijo pudo ver a esos tipos disparándoles al locutor ese que le dicen Gárrulo. Ahora ellos para acallar a mi hijo y quitarle credibilidad a lo que el pueda decir, ellos acusaron a mi hijo de asaltar a esos malhechores. Pero lo peor del caso es que esa maldita jueza se negó a escuchar lo que mi hijo tenia que decir y lo condenó a cinco años de cárcel. ¿"Tu sabes lo que es eso Laura?" ¿"Pero tu hijo nunca hizo una denuncia o presento una querella ante el fiscal"?.Pregunta Laura. "No ombe a el no se la acepto eso y cuando el quería decir algo al respecto, nadie le ponía atención porque todos los allí presentes eran parte del complot." Dice Josefa. "Bueno mañana cuando yo te vuelvas a ver te dejaré saber lo que haré con la información que tu me has dado de tu hijo."Dice Laura.

Ese mismo día en la tarde Laura se dirige asía donde el Gárrulo para darle la información obtenida a través de Josefa. Luego de que ella le cuenta lo dicho por Josefa, el Gárrulo dice "Bueno en este momento yo creo que tu me has traído algo con que yo empezar a trabajar en ara de hacer que los culpables de lo que me sucedió paguen por sus hechos." Tan pronto el Gárrulo termina de decir tal cosa, el toma el teléfono y llama a Tito. El Gárrulo le informa a Tito todo lo que Laura le contó. Pero para gratificación de Gárrulo como también de Laura, Tito se comprometió a entrevistar el hijo de Josefa ese mismo día. Tito por otro lado se entusiasmó mucho de tal información. Esto provoca que de inmediato el se disponga a solicitar la orden de ir a entrevistar al hijo de Josefa en la cárcel. A las dos y media de la tarde del día Tito consigue el permiso. De inmediato el se dirige hasta la cárcel donde se encuentra el joven llamado José hijo de Josefa la amiga de Laura. Tito llega a la cárcel. José es buscado por uno de los guardias correccionales que ya tenia la orden de buscarlo. Tito saluda a José. Pero es José quien pregunta ¿"Quien es usted señor? ¿Porque usted me quiere entrevistar?" "Fíjese joven, yo tengo informe a través de su madre de que a usted lo acusaron injustamente. Yo soy el jefe del departamento de investigación criminal. Yo tengo entendido de que usted alega ser falsamente acusado de asaltar a las personas que usted acusa de haber disparado en contra del locutor llamado Gárrulo. A mí me gustaría saber más de lo que usted vio. De usted darme dicha información pudiera depender de que usted salga exonerado de todo los que se le acusa. Pero también de yo poder apresar a los responsable de tal crimen." Dice Tito. "Bueno señor, lo que yo tengo que decir en cuanto a eso es que detrás de esos delincuentes hay gentes muy poderosas. Lo únicos que yo se es que yo pude ver a esos malandrines disparándole al locutor ese después que este se desmontó de la guagua de transporte publico. Antes de ellos hacer los disparos, yo creí que era a mi al que ellos querían matar porque mientras uno de los dos hombre conducía el motor, el otro me miraba al tiempo que portaba una pistola en la mano. Pero cuando ellos se acercaron al locutor, ahí fue cuando yo los pude ver disparándole hasta dejarlo tirado en la acera. Yo llame a la ambulancia. Pero a mi nadie me pregunto si yo pude ver quien hizo los disparos. Pero lo peor del caso es que en el barrio donde yo vivo todo el mundo dice que esos bandidos tienen conexiones en la procuraduría. En todo esto a mi lo que mas me preocupa es que le vallan a hacer daño a mi madre." Dice José. "No te preocupes, yo trataré de que a tu madre no le pase nada. Oye espero que si mas adelante yo necesite tu cooperes conmigo de la misma manera que lo estas haciendo ahora." Dice Tito. "Así será don, Así será." Dice José.

Tito sale de la cárcel en dirección a su despacho en donde el coordina darle seguimiento a lo que dijo José. Tito tiene planeado visitar a los dos jóvenes visto por José disparándole al Gárrulo. Los jóvenes viven en un vecindario de clase media ubicado a cinco cuadras de donde vive Laura. Tito y uno de sus investigadores se presentan en la casa del joven que conducía la motocicleta. Tito llega a la casa del joven. Tito se identifica con la madre del joven la cual dice que el joven se encuentra durmiendo. Tito le pregunta si puede hablar con el joven. La madre del joven despierta al joven el cual luego se presenta en la sala de la casa donde Tito lo espera... "Hola vengo a visitarte de parte de la procuraduría para ver si con tu ayuda se pudiera aclarecer algo que le sucedió el mes pasado al locutor que todos conocemos como el Gárrulo. ¿Quisiera saber si tu tienes algo que informarme acerca de este hecho?" "Ya eso se hablo en la corte frente a la jueza y ella no se lo creyó. Así que yo no se que usted quiere ahora."Dice el joven "Bueno todo eso esta muy bien. Lo que sucede ahora es que el caso esta reabierto. Lo que implican que tanto usted como la jueza no saben que nosotros hemos conseguidos fotos de la persona que en realidad hizo los disparos. Si usted ves que yo vine a visitarlo, es porque quizás si usted coopera conmigo a usted no le valla tan mal como al otro. Usted sabes muy bien que no fue usted quien disparó sino su amigo y nosotros tenemos pruebas de eso. Este es un chance que yo le estoy ofreciendo. Por esta razón yo le digo ahora que este es su chance. Si yo salgo de aquí sin su cooperación, entonces yo procederé a encausarlos a los dos de igual manera." Después que Tito dice tales cosas, un silencio total se apodera del lugar. Tito sabes que el se esta jugando el todo por el todo. Porque el no tiene tales fotos como el le dijo al chico. El chico sabes que Tito le a dicho cosas acerca de cómo sucedieron los hechos. El chico sabe que Tito a dicho la verdad de cómo sucedieron las cosas. El miedo del chico es que si esas fotos existen, ese es el fin de su libertad. De repente el chico dice "Pero que tendría yo que hacer señor" Tito saca una videograbadora y le dice "Lo único que tu tiene que hacer es decir que tu nos da el permiso para gravarte y contarnos todo lo que tu sabes acerca de todo esto. Quien los mando a dispararle al Gárrulo y porque." El chico mira a Tito, luego mira a su madre quien moviendo la cabeza le sugiere que diga todo lo que sabes. Por esa razón el chico dice "bueno mi amigo fue quien disparó. El fue quien me metió en esto. El me dijo que a un amigo de el le pagaron $10,000 dólares para que mate al Gárrulo y que de esos $10,000 a el le darían $5,000. En principio mi amigo no me quiso decir quien pago tal cantidad de dinero por el trabajo. Pero luego yo averigüé que fue un primo de Pedro el que ahora es procurador quien pago por el trabajo." En medio de la declaración del chico Tito lo interrumpe al preguntarle ¿"Como se llama el primo del procurador y donde el vive?" "El nombre de ese hombre es Julio, El es hijo de un hermano del difunto papa de Pedro. El vives en la casa que Pedro vivió con sus padres cuando ellos estaban vivos." Tito siguió haciéndole hasta la última pregunta al chico. Luego Tito se dirige a su despacho para añadir las declaraciones gravadas en el video del chico, con la declaración de José y su madre y todas la demás evidencias recopiladas en la escena del crimen. Tito piensa que el ya tiene suficiente evidencias para proceder y arrestar a parte de los implicados en el crimen y por esa razón Tito procede a arrestar al chico que hizo los disparos. Pero esto Tito lo hace después que consigue que el chico que conducía la motocicleta testificara ante un gran jurado en contra de su amigo. Desde ese momento los dos chicos entran en una fase de discrepancia comprometiéndose a acusarse mutuamente. El chico que colaboro con Tito esta utilizando esta estrategia para el poder sentirse mas cómodo al momento de testificar en contra de su supuesto amigo.

Mientras Tito se encuentra haciendo dicho trabajo con los chicos, el primo de Pedro se encuentra tomando cerveza y un poco embriagado. Todo esto comienza a suceder después que el se da cuenta de que Tito le esta pisando los talones. Luego de estar escuchando música de bachata el joven decide llamar a su primo Pedro por teléfono para tratar de extorsionarlo. El primo saluda a Pedro con una voz fría y muy amenazante y luego le pide $100,000 dólares para el poder mantener la boca serrada y salir del país. El solo dice por el teléfono "Mire primo, yo no voy hablar detalladamente de esto por teléfono con usted porque en realidad yo no quiero que esto salga al conocimiento publico. Yo lo único que quiero es que usted comprenda que esto debe de quedase entre familia. Déme $100,000 dólares para yo poder desaparecerme y todo pueda quedar sellado para siempre. ¿Cómo? Bueno esa es su decisión. Yo no quería llegar a tal extremo. Pero si usted lo quiere así. Así será." El primo de Pedro cuelga el teléfono al tiempo que murmura ¿"coño quien es que pierde en esto; quien? Yo no tengo nada que perder. Este hijo de puta cuando mataron a mi tío, y después mataron a su puta madre, el se quedo con todo el dinero que mi tío acumuló en Nueva York. Ahora el piensa que es muy poderoso y que nadie puede con el. Ese mal nacido siquiera se condolió de mi madre la cual era la mujer del hermano de su padre y la cual estaba tan enferma que murió de su enfermedad por nosotros no tener dinero para comprarle la medicina. No, no; el se quedo con todo el dinero. Que bueno es así. Pero el ya verá".

El día siguiente Tito se dirige hacia la antigua vivienda de Pedro en busca del primo... Pedro le presto esa casa a su primo para que vivas en ella porque el construyó una casa mucho mas grande y moderna. Cuando Tito llega a la casa se lleva una gran sorpresa. El primo del procurador esta sentado en la sala de su casa tomando cerveza y escuchando bachata como si el estuviera esperando que Tito llegara. Tan pronto Tito toca la puerta el primo de Pedro dice "Entra Tito entra; la puerta esta abierta y yo espero por ti" Tito entra a la sala encontrando al primo de Pedro con una caja de cerveza en el refrigerador y una botella en sus mano derecha. Luego Tito dice "Parases que usted me a estado esperando. Me imagino que usted sabes porque yo lo visito.". "Esa pregunta no merece una respuesta. Tanto usted como yo estamos concientes de la respuesta. Vamos al grano. ¿Que tu quieres de mi? Tito" dice el chico. Tito se queda mirando al chico muy sorprendido de su reacción. Pero mas que su condición de investigador, la gana que el tiene de llegar al fondo de la verdad, lo ayuda a mantener un temple de acero al tiempo que le hablas al chico. "Es mejor así. Como los dos sabemos porque yo estoy aquí y usted es quien responderá las preguntas, ¿no crees usted que seria mas fácil si usted comienza a hablar del tema sin yo tener que preguntarle?" dice Tito. "Ni modo; pero mis palabras siempre tienen un precio. ¿Cuál es el precio de mis palabras con usted?" dice el chico. "No se, dinero no hay pero quizás menos tiempo en la cárcel si" dice Tito. ¿"Bueno que usted quiere saber?" dice el chico. ¿"Quien le pago para que matara al Gárrulo"? dice Tito. Todas las cervezas que el chico ya ha consumido lo mantienen en un estado de inestabilidad tanto emocional como racional. De repente el chico dice "Mire señor policía en este caso el responsable de todo esto es MPPP." Dice el chico. "MPPP ¿Qué es eso de MPPP? ¿Usted pudiera ser mas especifico y decirme quien es MPPP?" dice Tito. "MPPP no es mas que Mi Primo Pedro el Procurador…" Esas son las únicas palabras que llegas a decir el chico antes de que alguien interrumpa en la casa disparándole al joven en la cabeza matando instantáneamente. Tito se tira en el suelo. Pero uno de los disparos hechos alcanza a Tito hiriéndolo en el hombro. Esto sucede al mismo tiempo que uno de los compañeros de Tito le dispara al agresor matándolo al instante. Todo queda grabado en la grabadora usada por Tito para obtener la declaración del chico. Mientras los cuerpos son declarados muertos, los cadáveres son conducidos a patología forense, mientras Tito es conducido al hospital fuertemente custodiado por sus compañeros más cercanos. A Tito se le hace una operación para sacarle la bala que se le incrustó en el hombro izquierdo.

Cinco días mas tarde tito sale del hospital de regreso a su casa. Todos los compañeros más cercanos de Tito se encuentran muy preocupados por la seguridad de Tito. Todo esto es por que ya la noticia de que el procurador pudiera estar involucrado en el intento de asesinato al Locutor conocido como el Gárrulo. Cosa esta que ha provocado que el Gárrulo tenga que decir lo siguiente en su programa radial "Yo no estoy acusando a nadie. Ya hay evidencias de que el señor procurador pagó para que a mi se me asesinara por yo estar diciendo cosas que el nuca a querido oír. Nosotros tenemos un sistema judicial que nos permite demandar a cualquier persona que difame en contra de alguien. Por esa razón yo creo que si este señor pensó que yo lo estaba difamando, el tiene y tenia el legitimo derecho de demandarme. De lo que si el no tiene derecho es de intentar asesinarme y eso fue lo que el hizo. Por esa razón nosotros decimos a través de nuestro programa, que el señor procurador tiene que renunciar a su cargo por el no tener suficiente calidad moral para sustentarlo. El señor procurador tiene que responder por las acusaciones que se les hacen. Lo peor de todo esto es que además del intento que el a hecho para quitarme la vida, nadie sabes cuales otras cosas este hombre a podido hacer. Este mundo esta plagado de contradicciones. Pero por lo menos dichas contradicciones nos comprometen a todos nosotros a ser seres imperfectos. Pero el tener estas imperfecciones no quiere decir que nosotros tengamos el derecho de quitarle la vida a alguien por este decir cosas que sea parte de nuestras imperfecciones y que nosotros no queramos oír. Las vidas nuestras como seres humanos, nos enseñan que nosotros tenemos la capacidad de tomar o no tomar malas o buenas decisiones. Por esa razón es que existen las victimas y los victimarios. Pero yo soy de los que creo que de la misma manera que se les debe compensar a las victimas, de igual manera se debe de castigar a los victimarios. Dice un viejo refrán. Que el que la hace, la paga. Si al procurador se le puede probar que el fue quien ordeno el crimen, pues que pague por el; si, que pague por el." Después de que el Gárrulo hace tales declaraciones en su programa radial, el pueblo casi en su totalidad comienza a pedir que el procurador de justicia renuncie de su cargo para que pueda responderle al pueblo acerca de tale acusaciones...

Por otro lado Pedro se encuentra en la parte frontal de la procuraduría ofreciendo una rueda de prensa a más de 20 periodistas. Uno de los periodista pregunta ¿"señor procurador que tiene usted que decir acercar de las alegaciones que se están haciendo de que usted fue el autor intelectual y el que pago para intentar matar al periodista Gárrulo?" "En estos momentos todas estas alegaciones están bajo investigación. Ustedes se darán cuenta de la verdad en su debido momento. Lo único que yo les puedo decir en esto momento, es que dichas alegaciones son solo lo que son, alegaciones, y así se quedaran... Todo esto no es mas que pura mentira y envidia." Dice Pedro. "Pero procurador ¿Qué usted tiene que decir acerca de las poderosas evidencias que existen en su contra?" Pregunta otro periodista. "Si en realidad alguien tiene poderosas evidencias en contra mía como usted dice, yo lo invito a que la presente. Todo esto es pura especulación." Dice el procurador. "Pero procurador, ¿Qué tiene usted que decir acerca de que el pueblo pide su renuncia? ¿No cree usted que seria mejor que usted renunciara del cargo para que esto pueda ser resuelto?" pregunta otro periodista. "Yo soy el procurador, y seguiré siéndolo hasta que el presidente de la republica así lo permita muchas gracias." Después del procurador decir tales palabras, el se aleja del lugar. En realidad el procurador todavía no sabe de cuales evidencias se están refiriendo los periodistas. El no sabe nada de las grabaciones hechas por Tito tanto al primo suyo y al chico que hizo los disparos. Pero mucho menos al chico que condujo la motocicleta y a José el chico que sentencio su esposa.

Por otro lado Tito se encuentra muy concentrado pensando en todo lo que el Gárrulo le ha dicho acerca de Pedro. Tito ahora esta profundamente concentrado en lo que el ha podido descubrir acerca del hombre quien el creía ser serio y muy capacitado. Por el contrario, Tito esta yendo mas lejos. El esta conectando la foto que Pedro exhibe en su casa donde el lleva puesto un pañuelo idéntico al pañuelo con la sangre del agresor encontrado al lado del cuerpo ensangrentado de su amigo Mon después de este ser brutalmente asesinado por dicho agresor. De repente Tito dice "Mami, mami creo que Pedro fue quien mato a Mon." ¿"Pero mi vida de donde su sacas eso?" dice July. "Luego te lo contare. Tengo que salir. Llama a Gárrulo y a Laura dile lo mismo que te dije. En este momento haré una acusación formal en contra del procurador. Pero también pediré que se le haga la prueba de ADN." Dice Tito ¿"Papi pero quien estará contigo?" dice July. "No te preocupes mami que yo estaré muy bien protegido. Sierra la puerta y ponle el alarma como yo te dije." Dice Tito.

El día siguiente Tito se traslada a su despacho en compañía de lo respectivos presidentes tanto del senado como de la cámara de diputados. Luego el grupo se traslada a la procuraduría nacional donde junto a varios otros procuradores de distintas provincias de la republica se comienza a trabajar en ara de crear un fiscal independiente. Durante dicho encuentro con tales personalidades Tito logra que se cree un fiscal independiente para que sea encargado del caso que ya formalmente existe en contra del procurador en relación al intento de asesinato del locutor Gárrulo. No obstante a esto Tito también ha establecido un vínculo entre el procurador y el asesinato de Mon. Lo que para sorpresa de Tito, ese mismo día una orden judicial es aprobada obligando al procurador a hacerse la prueba de ADN. Esto sucede después que Tito pudo convencer al juez de la posible conexión entre los diferentes crímenes incluyendo la conexión entre el pañuelo encontrado junto a Mon y el usado por Pedro. Pero para sorpresa del procurador, el juez de instrucción por la naturaleza de la acusación y la posibilidad de que el pudiera desaparecer, ordena que se tome medida de coerción en contra del procurador el que de inmediato es apresado sin derecho a fianza hasta el día del juicio...El procurador es arrestado en su casa frente a su esposa Ruth la cual queda muy disgustada por el apresamiento. Ruth de inmediato comienza a llamar a todos sus colegas de la toga. Algunos de los cuales toman filas con ella, mientras que otros no. Ruth nota que al tiempo de arrestar a su marido, los investigadores también se llevaron la gran foto donde aparecen ella y Pedro cuando eran jovencitos.

En la emisora donde trabaja el Gárrulo todos esperan la llegada del Gárrulo de la misma manera que el Gárrulo espera el día del juicio en contra de Pedro. El Gárrulo llega a la emisora y todos los allí presente los reciben como una gran celebridad. El Gárrulo no muestra ningún tipo de altanería. Por el contrario, el muestra un sentido de humildad muy enmarcado. Esto hace recapitular a muchas gentes que de modo alguno han diferido de su estilo como comunicador. Tan pronto el Gárrulo entra a cabina lo primero que dice es "Hay cosas que son muy fácil de describir por todos nosotros pero muy difícil de entender por muchos. La ironía de todo esto es que cuando aparece alguien con capacidad de entender lo que la gran mayoría no entiende, ese alguien se convierte en un solitario desviado y muchas veces odiado y tildado de loco por esa mayoría. Pero no hay algo más reivindicativo y gratificante, que el poder experimentar cuando la gran mayoría logra entender lo que esta equivocada y así entender lo ya entendido anteriormente por ese alguien que ellos han odiado. Pienso y creo que en este momento ese alguien soy yo y por esa razón me siento reivindicado. Este ha sido mi caso, el que ahora es de todos incluyendo a los que me llaman loco. Mis predicas, mis verborreas, mis puntualizaciones siempre han sido las razones usadas por los que siempre me han odiado, para darle vigencia a su odio. Pero de igual manera usada por los que me aman para perpetuar su amor por mí. Lo único que mi gran paciencia y mi dedicación a decir las cosas como son, y no como yo o usted creamos que debieran de ser, siempre me he proyectado a través del tiempo como un gran ganador. La verdad es inmutable como también lo es la mentira. Con la gran diferencia de que todo aquel que se apoya sobre las bases de la verdad, estará apoyado en bases firmes, sólidas y muy resistente. Por el contrario, el que se apoya sobre la bases de la mentira, descansará en una base hueca, frágil y poco resistente. Esto es así.

Porque el tiempo siempre tiene la ultima palabra y la mentira no tiene suficiente fuerzas y perseverancia para combatir contra del tiempo. Todos los comunicadores deberíamos tener este principio bien claro en nuestras mentes. No hay mal que dure una eternidad pero mucho menos cuerpo aquel que lo pueda resistir. Creo que el final del chico presumido ese, ya esta frente a su puerta. El tiempo pudo vencer la mentira de Pedro el procurador. Este mensaje se lo doy a todos mis oyentes como parte de lo que se esconde en la dialéctica del que muchos llaman el Gárrulo loco mientras que otros los llaman cuerdo. Pero para yo ponérselo mas fácil a ustedes yo digo, lo que se esconde en la dialéctica del Gárrulo loco/cuerdo. La paz sea con todos nosotros amigos. Espero que disfruten de la programación de hoy y que viva el país; que viva la Republica Dominicana y todos lo buenos Dominicanos. Abajo los corrupto, los tramposos; lo criminales; ¡que viva la Republican Dominicana carajo"!

Tres semanas han pasado y las pruebas de ADN ya están completas. Tito es llamado a su despacho por una de sus secretarias. Tito sale de su casa más rápido que un rayo. Tito llega a su despacho encontrando un sobre blanco con remitente del laboratorio donde se hicieron las pruebas de ADN tanto de Pedro como de la sangre encontrada en el pañuelo que fue hallado cerca del cuerpo de Mon. Tito abre el sobre. De repente el nota que el resultado de la pruebas es positiva. Todo indica que de uno a 450, 000000,000000 pudieran tener el mismo ADN. Desde este momento Tito sabes que ya todo esta claramente establecido de que Pedro no tan solo mandó a matar al Gárrulo, sino que el fue quien mato a Mon. El pañuelo encontrado no tan solo tenía la sangre de Pedro, sino también la de Mon. Después que Tito termina de leer la carta, llama a una de sus secretarias y le ordena llamar al centro de detención donde se encuentra Pedro para el ir a visitarlo. Tito llama a tres de sus investigadores y de inmediato parte para la prisión donde se encuentra Pedro. Tito llega hasta donde Pedro el que se encuentras sentado leyendo el periódico en un banco de concreto adherido al piso y la pared de la celda.

Tan pronto Pedro se da cuenta de que Tito lo visitaría en la prisión, el llama a su abogado el cual inmediatamente le da instrucciones a Pedro acerca de cual estrategia el debería tomar en ese sentido debido a la magnitud de las pruebas en su contra. E abogado de Pedro todavía no esta informado de la posible vinculación de Pedro en el asesinato de Mon. Por esa razón cuando Pedro se encuentra frente a Tito el se pone de pies y dice "la verdad saldrá al final de todo y usted pagara por su infamia. Todo esto no es más que una patraña más. Yo no tengo nada en contra del tal Gárrulo ese." "Doctor yo no vine hablarle a usted del Gárrulo. El caso del Gárrulo ya esta claramente establecido. Con relación a ese caso no hay otra verdad. Yo vine a hablarle de la muerte del hombre que fue asesinado en el malecón cuando usted tenía 16 anos de edad. Si, el asesinato del psicólogo Mon." Dice Tito al tiempo que saca la foto de Mon, la foto de Pedro y Ruth donde Pedro se le ve usando el pañuelo azul con figuras blancas igual al encontrado en la escena del crimen. Pedro baja la cabeza. El no puede mirar a Tito en los ojos. Pero de repente dice ¿"Y que tiene eso que ver conmigo? ¿Será esta otra patraña mas?" dice Pedro. "No, no amigo; esto no es patraña. Nosotros no necesitamos venirle a usted o a nadie con patrañas como usted dice. Esto se debe a un buen trabajo investigativo que nos a permitido a todos nosotros a obtener pruebas muy contundentes en contra suya. Esto incluye el hecho de que su ADN fue encontrado en la escena del crimen. Como usted bien sabe por ser usted quien introdujo dicha ciencia en nuestro sistema de justicia criminal, estas pruebas como usted bien sabe son irrefutables. ¿Como usted puede explicar que su sangre y la sangre de Mon pudieron ser encontradas en un pañuelo hallado junto con el cuerpo del difunto? ¿Cómo usted puede explicar que ese mismo tipo de pañuelo fue usado por usted durante ese periodo de tiempo? Si usted no puede brindar una explicación que haga sentido ante el juez, usted será sentenciado a la pena máxima... Trate de pensar lo que usted tiene que decir. Las pruebas en su contra son irrefutables. ¿De quien son los cabellos encontrados en la mano derecha de Mon?" pregunta Tito. Pedro no sabes que decir. Pedro se encuentra tan sorprendido que no sabes siquiera que decir. Pedro no esta seguro si es pertinente quedarse callado, llamar de nuevo a su abogado o decir algo creíble. El piensa que todo se le esta escapado de las manos. Pedro nunca pensó que tal prueba en su contra pudiera existir. El asesinato de Mon havia ocurrido tanto tiempo atrás, que Pedro ya pensaba que nadie nunca trataría eso en corte con posibilidad de una sentencia. Pedro sabes que en este momento el no tiene nada que decir que pudiera cambiar las cosas. De repente Pedro dice ¿"Que tu ofrece por esa información"? "Bueno se pudiera negociar una reducción de la sentencia. No se si eso seria posible. Pero no estaría demás intentarlo. Las pruebas en su contra son tan fuerte que si yo fuera usted me declararía culpable. Usted sabes más que eso doctor. Usted es abogado y conoces muy bien las leyes" "La sangre en el pañuelo es mía. Pero yo no fui quien mato a Mon. Yo solo fui a prevenir que lo mataran. En mi forcejeo, yo me corte un dedo y por eso mi sangre está en el pañuelo." Dice Pedro. "Okay está muy bien eso. ¿Pero entonces, quien fue que lo mató? ¿Quine fue que le cortó la garganta al difunto Mon"? pregunta Tito. "Es doloroso tener que delatar a un ser querido. Pero tengo que decirle que quien le cortó la garganta a Mon fue Ruth. Los cabellos encontrados en la mano de Mon son los de Ruth. Yo solo quise intervenir para evitar que ella haga lo que ella hizo. Por esa razón fue que me corté el dedo y mi sangre pudo ser encontrada en el pañuelo después que me limpie la sangre con el. Ese era mi pañuelo" dice Pedro. ¿"Pero entonces porque la sangre de Mon también estaba en el pañuelo?" dice Tito. ¿"Bueno cuando yo le quité el cuchillo con la sangre de Mon a Ruth, yo lo limpié con mi pañuelo de la misma manera que yo me limpié la sangre de mi cortadura?" Dice Pedro. ¿"Pero que pasó entre Ruth y Mon que ella tubo que Matarlo?" pregunta Tito. "Bueno hasta donde yo tengo entendido, Mon quería que ella le hiciera sexo oral y ella se oponía." Dice Pedro. ¿"Pero cuando todo esto pasaba donde usted sen encontraba?" pregunta Tito. "Yo acababa de llegar al lugar. Yo no pude ver todo lo que pasó antes de yo llegar al lugar" dice Pedro. ¿"Pero usted vio algún forcejeo entre Ruth y Mon? ¿Cuándo y como fue que usted intervino quitándole el cuchillo a Ruth? ¿Usted sabes que todas las pertenecías de Mon fueron robada? ¿"Usted tiene idea de quien podría ser la persona que se la robo?" Dice Tito. "No se, No recuerdo muy bien. Como usted sabe eso hace más de 15 años que sucedió. Yo no me puedo recordar con lujo de detalle de cada cosa"dice Pedro. Entiendo, entiendo, bueno todo lo dicho esta grabado en esta grabadora. Yo espero que su declaración sea ponderada por el Juez el día del juicio. Muchas suertes doctor" dice Tito el que de inmediato sale en busca de una orden de arresto en contra de Ruth.

Tito consigue la orden para el arresto de la jueza Ruth quien todavía lleva el apellido Cartel el cual le pertenece a sus padres... Tan pronto Ruth es arrestada, el juez da una orden para que se le haga la prueba de ADN a los cabellos de Ruth. Ruth es conducida a la misma cárcel metropolitana donde se encuentra su marido. Ruth se encuentra devastada por saber que su marido declarara en contra de ella acusándola del crimen de Mon. Pero de repente Ruth intercambia impresiones con su abogado lo que hace que allá decida solicita hablar con Tito el que se presenta de inmediato. Tan pronto Tito llega al lugar, Ruth es la primera en decir "Pedro es un mal nacido arrogante y calculador. Ese es uno de los asesinos más sanguinarios que puedan existir. Si, yo le hice sexo oral a ese hombre porque tenia que conseguir dinero en ese momento para comprar la droga que yo y Pedro necesitábamos en ese momento. Yo se que cuando yo era mas joven, yo fui una chica muy salvaje y rebelde. Pero que venga Pedro a decir que yo le corte la garganta a ese hombre, es algo burdo, incongruente con el tipo de rebeldía que yo tenia, imposible. Yo nuca forcejeé con ese hombre. Al contrario, el me tomo por los cabellos cuando sintió placer por lo que yo le hacia. Fue en ese el momento que Pedro le corto la garganta de la rabia que sintió por ver que este hombre estaba sintiendo placer con la mujer que el ama mientras esta le hacia sexo oral... Por esa razón fue que el le cortó la garganta a ese hombre. Yo se que soy culpable por conspirar y así me declaro ante usted hoy, y de la misma manera lo haré ante el juez el día del juicio... Pero ese mal nacido, ese asesino ahora quiere salirse con la suya. Jamás lo hará, jamás." Dice Ruth. Después de Tito grabar la declaración de Ruth, lo único que dice es "Muchas suerte señora, muchas suerte espero que el juez tome en cuenta su declaración el día del la sentencia...

Dos semanas más tarde la prueba de ADN del cabello de Ruth llega al despacho de Tito. El mismo tipo de cabello que fue encontrado en la mano derecha de Mon, es el mismo tipo de cabello de Ruth. Este nuevo descubrimiento ayuda a Tito a hacer un resumen completo acerca de todo lo concerniente a las aclaraciones y localización de los responsables de las muertes de Pamela Cabral (Pucha), Ramón Buenaventura (Mon) y el intento de asesinato de Carmelo Soñé (El Gárrulo). Pero el fin de esta epopeya llega cuando los casos en contra de Pedro y el caso contra Ruth llega a la corte criminal. Los fiscales encargados de acusar tanto a Pedro como a Ruth están completamente convencidos de que ellos obtendrán un veredicto a su favor. Tal optimismo no tuvo una larga espera porque el juicio apenas duro dos días. Esto fue así porque las partes no tuvieron otra opción que no fuera el declararse culpable en busca de una sentencia reducida. Por esa razón el juez encargado de los casos de ambos, sentencia a Pedro a 30 años por el asesinato de Mon y a 10 años por el intento de asesinato del Gárrulo. Por otro lado el mismo juez sentencia a Ruth a 10 años por conspirar en la muerte de Mon. El joven que condujo la motocicleta al tiempo del intento de asesinato al Gárrulo es sentenciado a cinco años de cárcel. La vieja Melinda fue sentenciada a 23 años de cárcel. Pero por su avanzada edad, ella es recluida en un centro para anciano dentro de la cárcel regional sin derecho a salir del mismo en ningún momento. Además que todos los vienes que ella acumuló fueron confiscado y parte de estos bienes fueron entregados a la familia de Pamela Cabral (Pucha.). Todos los trabajadores más cercanos a Melinda incluyendo las parteras, los hijos y los nietos de Melinda son sentenciados de acuerdo al tipo de participación y responsabilidad que estos tenían en el prostíbulo.

Después de todo lo ocurrido, la señorita Laura Cabral se convierte en la señora Laura Soñé. Esto es después que Laura y el Gárrulo contraen nupcias. Laura utiliza parte del dinero colectado del negocio de Melinda utilizándolo para la contrición de una escuela en el campito donde ella nació. El Gárrulo por otro lado demanda a Pedro y adquirió la ultima casa que Pedro construyo cuando se caso con Ruth. El Gárrulo vendió dicha casa y con el dinero compro otra casa en la cual el vivirá con su esposa Laura. Tanto Tito, July, Laura, Rey y su prometida como también el Gárrulo se fueron a vacacional en unos de los mejores hoteles playeros del país; que viva la Republica Dominicana, abajo los corruptos, los asesinos y los que trafican con veneno.

FIN

NOTAS DEL AUTOR PARA EL LECTOR

Esta novela ha sido escrita con el fin de crearle conciencia a todos aquellos que se consideren responsables de comunicarles a las gentes las verdades de las cosas. Las gentes tienen el derecho de que se les digan las cosas tal y como las cosas son y no como el que las este diciendo quiera decirla o como el que la este oyendo quiera oírla. Esto puede ser aplicable a comunicadores, periodistas, políticos, religiosos, comerciantes, profesionales de la salud, profesionales de la construcción, profesionales de la educación , profesionales de la justicia, profesionales del orden publico y profesionales de las ciencias sociales etc... En otras palabras, esta novela esta hecha con el fin de crearle conciencia a todos los que se identifican de modo alguno como responsables de comunicar. Esto debe de ser así porque las cosas que la sociedad necesita saber; tienen que ser dichas como las cosas sean. Todos los que de cualquier forma se comunican directamente y de persona a persona con las gentes en cualquier lugar y cualquier momento sea este un lugar público o privado, tienen la responsabilidad de llamar al pan; pan y al vino; vino. Cuando al vino se le cambia el nombre por agua, el vino deja de ser vino en apariencia aunque en la esencia siga siendo vino. Lo malo de esto es que para saber que es vino y no agua, hay que conocer los componentes del agua como también del vino y no todos tenemos la capacidad de saberlo o aprenderlo. Habiendo dicho esto, tengo también que poner en claro, que esta novela no esta escrita con el fin de promover, adiestrar o atacar ningún tipo de religión, estilo de vida, preferencia sexual o ideología política o cualquier tipo de creencia sea esta cual sea. Esta novela esta fundamentada en el esfuerzo hecho por el autor en crear conciencia en la mente de todo el que usa su boca para informarle al público todas las cosas que el público necesita saber.

El decir las cosas como son es una situación de vida que pudiera llegar a ser posible o real en las mentes de todos nosotros siempre y cuando no exista la envida, el rencor y la ambición material. Todo lo expresado en este trabajo no es más que un trabajo puramente de ficción en donde los lugares, eventos, personajes y situaciones encontrados en la misma, no son más que el producto de la imaginación del autor. Si de modo alguno en esta novela existiesen algún tipo de resemblanzas de cualquier personaje vivo o ya muerto como también cualquier evento histórico sea este cual sea, quiero que sepan que eso no son más que puras coincidencias...

LA DIALECTICA DEL GARRULO
LOCO CUERDO

Y

LO QUE SE ESCONDE

POR

ORLANDO N. GOMEZ